D1003069

Venganza
entre las sábanas

Lucy Gordon

Bianca™

HARLEQUIN™

Editado por HARLEQUIN IBÉRICA, S.A.
Núñez de Balboa, 56
28001 Madrid

I.S.B.N.: 978-84-671-6962-1
Depósito legal: B-39301-2009
Editor responsable: Luis Pugni
Preimpresión y fotomecánica: M.T. Color & Diseño, S.L.
C/. Colquide, 6 portal 2 - 3º H. 28230 Las Rozas (Madrid)
Impresión y encuadernación: LITOGRAFÍA ROSÉS, S.A.
C/. Energía, 11. 08850 Gavá (Barcelona)
Fecha impresion para Argentina: 21.6.10
Distribuidor exclusivo para España: LOGISTA
Distribuidor para México: CODIPLYRSA
Distribuidores para Argentina: interior, BERTRAN, S.A.C. Vélez
Sársfield, 1950. Cap. Fed./ Buenos Aires y Gran Buenos Aires,
VACCARO SÁNCHEZ y Cía, S.A.
Distribuidor para Chile: DISTRIBUIDORA ALFA, S.A.

Capítulo 1

SERÁ castigada por lo que ha hecho. ¡Voy a asegurarme de ello aunque me lleve lo que me queda de vida!

Salvatore Veretti le dirigió una última mirada de odio a la fotografía que tenía en la mano antes de retirar su silla e ir hacia la ventana con vistas a la laguna veneciana, donde el sol de la mañana era claro e iluminaba el cielo azul profundo, añadiendo resplandor a las diminutas olas que se reían y ondulaban contra los barcos.

Se situaba junto a esa ventana cada mañana, saboreando la belleza de Venecia, preparándose para afrontar el día que tenía por delante. Había dinero que ganar, críticas que silenciar y enemigos que vencer de una forma u otra. Pero también estaba ese momento de paz y belleza y la fuerza que le daba.

Belleza. Esa idea le hizo volver a centrar su atención en la fotografía. Mostraba a una mujer, no sencillamente hermosa, sino físicamente perfecta: alta, esbelta y exquisitamente proporcionada. Cualquier hombre lo diría, ya que ese cuerpo se había creado cuidadosamente para complacer a los hombres, para ser juzgado por ellos.

Salvatore, bien preparado para juzgar al género femenino después de haber tenido a muchas de ellas desnudas en su cama, había estudiado a ésa en concreto con detenimiento antes de dejar que su odio estallara. Ahora estaba mirando de nuevo la imagen, estimando sus muchas maravillas, y asintiendo como si lo que veía fuera exactamente lo que se había esperado.

Pero sus fríos y hermosos rasgos masculinos no se suavizaron. Si acaso, se hicieron más severos mientras sus ojos vagaban por la magnífica silueta que apenas quedaba cubierta por el diminuto biquini negro; esos lozanos pechos, esas piernas infinitas, ese trasero tan bien formado.

Todo calculado, pensó. Cada centímetro había sido cuidadosamente tallado, cada movimiento estudiado de antemano, todo planeado para inflamar el deseo masculino y, con ello, proporcionarle dinero a la dueña de ese cuerpo. Y ahora ella tenía el dinero que había planeado conseguir. O eso creía.

«Pero yo también puedo hacer cálculos», pensó él. «Como estás a punto de descubrir. Y cuando tus armas demuestren ser inútiles contra mí... ¿qué harás?».

Se oyó un pitido desde su escritorio y la voz de su secretaria dijo:

–El *signor* Raffano está aquí.

–Dile que pase.

Raffano era su consejero financiero, además de un viejo amigo. Lo había citado en su despacho en el *palazzo* Veretti para discutir unos asuntos urgentes.

–Tenemos más noticias –dijo Salvatore, ya sentado y de manera cortante mientras le indicaba al hombre que tomara asiento.

–¿Quieres decir además de la muerte de tu primo? –preguntó el hombre con cautela.

–Antonio era el primo de mi padre, no mío –le recordó Salvatore–. Siempre fue un poco criticón y dado a cometer estupideces sin pensar en las consecuencias.

–Se le conocía como un hombre al que le gustaba pasárselo bien –dijo Raffano–. La gente decía que con ello demostraba que era un auténtico veneciano.

–Eso es un insulto para todos los venecianos. No hay muchos con su insensata indiferencia por todo lo que no fuera su propio placer. Él se gastaba el dinero, se lo bebía todo y se acostaba con mujeres sin importarle el resto del mundo.

–He de admitir que debería haberse responsabilizado más de la fábrica de cristal.

–Pero en lugar de eso, lo puso todo en manos de su administrador y se esfumó para divertirse.

–Probablemente lo más inteligente que pudo haber hecho. Emilio es un representante brillante y dudo que Antonio hubiera podido dirigir ese lugar igual de bien. Recordemos lo mejor de él. Era popular y se le echará de menos. ¿Traerán su cuerpo a casa para que se le entierre? –preguntó Raffano.

–No, tengo entendido que el funeral ya se ha celebrado en Miami, donde vivió estos dos últimos años –dijo Salvatore–. Es su viuda la que vendrá a Venecia.

–¿Su viuda? –preguntó Raffano–. ¿Pero estaba...?

–Al parecer lo estaba. Hace poco compró la compañía de una mujerzuela frívola que no se diferenciaba de muchas otras que habían pasado por su vida. No me queda la menor duda de que le pagó bien, pero ella quería más. Quería casarse para, en su debido tiempo, poder heredar su fortuna.

–Juzgas a la gente con demasiada rapidez, Salvatore. Siempre lo has hecho.

–Y tengo razón.

–No sabes nada de esa mujer.

–Sé esto –y con un brusco movimiento, Salvatore tiró la fotografía de la mesa.

Raffano silbó mientras la recogía del suelo.

–¿Es ella? ¿Estás seguro? Es imposible verle la cara.

–No, es por esa enorme pamela, pero ¿qué importa la cara? Fíjate en el cuerpo.

–Un cuerpo para encender a un hombre de deseo –asintió Raffano–. ¿Cómo la has conseguido?

–Un amigo común se encontró con ellos hace un par de años. Creo que los dos se acababan de conocer y mi amigo les sacó una foto y me la envió con una nota que decía que esa chica era «el último caprichito» de Antonio.

–Lo único que se ve es que debían de estar en la playa –dijo Raffano.

–El sitio perfecto para ella –añadió Salvatore secamente–. ¿Dónde, si no, podría lucir sus caros encantos? Después se lo llevó a Miami y lo convenció para que se casara con ella.

–¿Cuándo se celebró la boda?

–No lo sé. Hasta aquí no llegó ninguna noticia, algo de lo que, probablemente, se encargó ella. Debía de saber que, si la familia de Antonio se enteraba de lo de la boda, la habría impedido.

–Me pregunto cómo –señaló Raffano–. Antonio ya había cumplido los sesenta, no era un adolescente que obedeciera vuestras órdenes.

–Yo la habría impedido, te lo prometo. Hay formas.

–¿Formas legales? ¿Formas civilizadas? –preguntó Raffano, mirándolo con curiosidad.

–Formas efectivas –respondió Salvatore con una severa sonrisa–. Créeme.

–Eso seguro. Nunca dudaría que puedes hacer cosas sin escrúpulos.

–¡Qué bien me conoces! Sin embargo, la boda se celebró. Debió de ser en el último minuto, cuando ella vio que Antonio se acercaba al final y actuó con rapidez para asegurarse una herencia.

–¿Estás seguro de que se ha celebrado el matrimonio?

–Sí, lo sé por los abogados de ella. La *signora* Helena

Veretti, como ella se hace llamar ahora, está a punto de llegar para reclamar lo que considera suyo.

Ese frío y sardónico tono de su voz impactó a Raffano, a pesar de estar acostumbrado.

–Es obvio que te molesta –dijo–. La fábrica nunca se le habría tenido que dejar a Antonio en primer lugar. Siempre se dio por sentado que sería para tu padre...

–Pero mi padre estaba ocupado enfrentándose a muchas deudas en ese momento y mi tía abuela pensó que estaba haciendo lo más sensato al dejársela a Antonio. Y me pareció bien. Él era parte de la familia, pero esta mujer no es de la familia y no permitiré ver cómo la propiedad de los Veretti cae en sus codiciosas manos.

–Te será muy difícil oponerte al testamento si ella es su esposa legal, por muy reciente que sea el matrimonio.

Una aterradora sonrisa se reflejó en el rostro de Salvatore.

–No te preocupes –dijo–. Como has dicho, sé cómo actuar sin escrúpulos.

–Haces que parezca una virtud.

–Puede ser.

–De todos modos, ten cuidado, Salvatore. Sé que has tenido que ser despiadado desde que eras muy joven para salvar a tu familia del desastre, pero a veces me pregunto si estás yendo demasiado lejos para tu propio bien.

–¿Para mi propio bien? ¿Cómo puede hacerme daño ser firme?

–Convirtiéndote en un tirano, en un hombre temido pero nunca amado, y como consecuencia, en un hombre que acabará sus días solo. No te diría esto si no fuera tu amigo.

La expresión de Salvatore se suavizó.

–Lo sé –dijo–. El mejor amigo que puede tener un

hombre. Pero no te preocupes. Estoy bien protegido, soy intocable.

–Lo sé. Eso es lo que más me preocupa.

Todo estaba hecho. El funeral había terminado, los trámites estaban en orden y lo único que quedaba era marcharse del hotel y dirigirse al aeropuerto de Miami.

Antes de empezar el viaje, Helena fue al cementerio para llevar las últimas flores a la tumba de su marido.

–Supongo que esto es un adiós –dijo después de colocarlas cuidadosamente–. Vendré a verte otra vez, pero no sé cuándo exactamente. Depende de lo que encuentre cuando llegue a Venecia.

Al oír un paso tras ella, se giró lo suficiente para ver a un grupo de gente pasando a su lado, lentamente, para poder verla mejor. Esbozó una débil sonrisa.

–Vuelve a pasar –le susurró a Antonio–. ¿Recuerdas cómo nos reíamos cuando se me quedaban mirando?

Su belleza siempre había atraído miradas, primero en sus años como modelo y, después de que se retirara, había seguido llamando la atención. Su larga melena era de un cautivador color miel y su figura se había mantenido perfecta, con su metro setenta y siete y su esbelto pero curvilíneo cuerpo.

Su rostro era extraordinario, con unos ojos grandes y unos labios carnosos que llamaban la atención. Esos labios generosos eran su principal belleza ya que hacían que su sonrisa fuera imposible de ignorar y, cuando los apretaba suavemente, parecían estar preparados para besar.

Eso, al menos, era lo que uno de sus admiradores había dicho y Helena, al oírlo, le había dado las gracias y después se había girado para ocultar la risa. Nunca le daba importancia a sus propios logros y eso formaba parte de su encanto. Los fotógrafos que buscaban «voluptuosidad» siempre la habían requerido a ella y pronto se la conoció en el negocio de la moda como «Helena de Troya», algo que la hacía reír todavía más.

Antonio había disfrutado mucho con todo ello.

–Nos miran y dicen: «¡Qué hombre tan afortunado por haberse ganado el corazón de esa bella mujer!» –había comentado él entusiasmado–. Piensan en los maravillosos momentos que debemos de pasar en la cama y me envidian.

Y después, había suspirado, ya que esos maravillosos momentos en la cama no habían sido más que una ilusión. Su corazón había estado demasiado débil como para arriesgarse a cometer esfuerzos físicos y en sus dos años juntos nunca habían hecho el amor. Sin embargo, le había provocado un placer inocente ver a todo el mundo especular sobre ellos.

–Voy a echarte mucho de menos –le dijo ella ahora, frente a su tumba–. Has sido maravilloso conmigo, siempre generoso, dando mucho y tomando poco. Con la mayoría de los hombres sucede justo al contrario. Por primera vez en mi vida, me he sentido amada y protegida y ahora de repente vuelvo a estar sola.

Las lágrimas se deslizaban por su rostro mientras acariciaba la lápida de mármol.

–¿Por qué has tenido que morir? Siempre supimos que iba a suceder, pero creíamos que, si teníamos cuidado, podríamos alargar tu vida. Y lo hicimos. Tuviste todos esos meses con los que no contabas y las cosas parecían ir yendo bien, pero entonces, de pronto...

Aún podía verlo, estaba riendo y de pronto se detuvo, su rostro se contrajo y la risa se convirtió en sonidos de asfixia mientras sufría su último ataque al corazón. Así acabó todo.

–Adiós –susurró–. Siempre te llevaré en mi corazón.

Habían estado tan unidos en espíritu que sentía que aún estaba con ella mientras el taxi la llevaba al aeropuerto y montaba en el avión. Durante las largas y oscuras horas en las que cruzó el océano, él volvía a estar allí, recordándole cómo había surgido su extraño matrimonio.

Ella había dejado de desfilar en el punto más alto de su carrera, cansada de esa vida y con la intención de convertirse en una mujer de negocios. Había amasado una gran fortuna y sólo necesitaba una forma de invertirla.

Se había considerado una mujer entendida en los negocios, pero pronto descubrió su error cuando un estafador la convenció para que invirtiera en una porquería de empresa. Antes de que llegara a firmar cheques, Antonio fue a su rescate, advirtiéndola de que a un amigo suyo lo habían engañado del mismo modo. Así se conocieron, cuando él la salvó del desastre.

Se habían hecho muy amigos. Él pasaba de los sesenta y ya le habían comunicado que no viviría demasiado. Cuando le había pedido que se quedara con él hasta el final, ella accedió sin dudarlo. Su boda había sido todo lo discreta que pudieron y Helena lo había cuidado con amor hasta el día en que murió en sus brazos.

Antonio había hablado abiertamente de cuando ese momento llegara y de lo que había previsto para ella, algo excesivo en opinión de Helena.

–Cuando me vaya, Cristales Larezzo será tuyo –le dijo–. E irás a Venecia a reclamarla.

–¿Pero qué voy a hacer yo con una fábrica de cristal? –había protestado ella.

–Venderla. Mi pariente, Salvatore, te hará una buena oferta.

–¿Cómo puedes estar tan seguro?

–Porque sé cuánto la desea. No le hizo gracia que me la dejaran a mí en lugar de a él.

–Pero ¿no me dijiste que él ya tenía una?

–Sí, Cristales Perroni es suya y son las dos mejores. Cuando tenga Larezzo, dominará la industria al completo. Nadie podrá superarlo, y eso es lo que él quiere. Puedes pedirle un precio alto. Hay que pagar un préstamo bancario, pero te quedará suficiente dinero después de eso. No lo rechaces, *cara*. Déjame tener el placer de saber que te he cuidado, como tú me has cuidado a mí.

–Pero yo no necesito dinero –le recordó–. Ya tengo bastante gracias a que me salvaste de aquel fraude. Ya cuidaste muy bien de mí entonces.

–Pues entonces deja que vuelva a hacerlo, para darte las gracias por cuánto te preocupas por mí.

«Pero los dos nos preocupábamos y cuidábamos del otro», pensaba ella ahora. «Él me demostró que no todos los hombres son codiciosos y avariciosos. Ahora se ha ido y me encuentro perdida».

Fue un largo viaje, primero atravesando el Atlántico hasta París y después una escala de tres horas para tomar el vuelo a Venecia. Cuando llegó a su destino, estaba dormida. Al salir del aeropuerto la esperaba un guarda enviado por el hotel y fue un alivio dejar que él se ocupara de todo.

Apenas fue consciente del viaje en lancha motora por la laguna y el Gran Canal hasta el Hotel Illyria, donde la ayudaron a descender de la embarcación. Una vez en su dormitorio, le dio unos bocaditos a la comida que le tenían preparada antes de meterse en la cama y sumirse en un profundo sueño marcado por el desfase horario.

A medida que pasaban las horas su sueño se hacía más ligero y encontró que Antonio estaba allí otra vez, alegre y jocoso, a pesar de su inminente muerte, porque ése era su modo de ignorar el futuro mientras pudiera disfrutar del presente.

Ya que se sentía mejor en los climas cálidos, se había ido a vivir a Miami, donde pasaban juntos los días, entregados el uno al otro. Para complacerlo, ella había aprendido a hablar italiano además del dialecto veneciano después de que él le hubiera apostado que no podría aprenderlo.

La había engañado. Ella había pensado que sería fácil, al pensar que un dialecto era poco más que un cambio en la pronunciación. Algo tarde descubrió que el veneciano era una lengua totalmente distinta.

Antonio se había reído con esa situación hasta tener que usar el inhalador para calmar su tos.

—¡Te he engañado! —exclamó con voz entrecortada—. Apuesto a que no puedes hacerlo.

Y después de eso, a Helena no le que quedó otro remedio que intentarlo y sorprenderse a sí misma y a Antonio cuando aprendió bien las dos lenguas.

Antonio le había enseñado fotografías de su familia, sobre todo de Salvatore, su sobrino segundo, recalcando lo de «segundo» porque lo apreciaba, aunque mantenía las distancias y tendía a evitarlo. No lo había invitado a la boda y ni siquiera se lo había comunicado.

—Es un hombre muy duro —dijo—. Siempre fui la oveja negra de la familia y no le gustaba.

—Pero le sacas más de veinte años —señaló ella—. ¿No debería ser al revés?

—¡Ojalá! —exclamó Antonio—. Pero yo preferí dejar que mi administrador dirigiera la fábrica para poder disfrutar la vida.

—¿Y Salvatore no disfruta de su vida?

—Bueno... eso depende de lo que entiendas por disfrute. Ha podido tener a todas las mujeres que quisiera, pero lo primero siempre ha sido dirigir su negocio. Es un poco puritano, algo raro para un veneciano. Solemos pensar más en disfrutar del presente que en lo que pueda suceder mañana, pero Salvatore no. Debe de tener algo que ver con su padre, mi primo Giorgio, un hombre que de verdad sabía cómo pasárselo bien. Tal vez él se pasó y estuvo con demasiadas mujeres. Sin duda, su pobre esposa lo pensaba. Salvatore también se da sus placeres, pero es más discreto, y a ninguna mujer se le permite entrometerse en su vida. Todo el mundo le tiene miedo, incluso yo. Venecia no era lo suficientemente grande para los dos, por eso me marché, recorrí el mundo, fui a Inglaterra, te conocí y he sido feliz desde entonces.

La fotografía de Salvatore mostraba que era guapo, con un rostro demasiado severo y un aire misterioso que, según le había dicho Antonio, atraía a las mujeres.

–Todas piensan que ellas serán las que lo ablanden, pero ninguna lo ha hecho hasta el momento. Sigo queriendo llevarte a Venecia para que lo conozcas, pero no me atrevo. Eres tan bella que intentaría conquistarte en cuanto te viera.

–Pues entonces estaría perdiendo el tiempo –le había dicho Helena riendo–. Hagamos ese viaje. Me gustaría conocer Venecia.

Ahora por fin estaba viéndola, aunque no del modo que había esperado.

–Deberíamos haber venido juntos –le dijo a Antonio, y con esas palabras se despertó.

Al principio no sabía dónde estaba. Después vio el alto techo pintado, elaboradamente decorado con querubines y el exótico mobiliario que bien podría haber salido del siglo XVIII. Al salir de la cama, se puso una bata, abrió la ventana y al instante se vio bañada por una deslumbrante luz.

Fue como entrar en un nuevo universo, brillante, mágico, que la dejó embelesada. El agua que fluía delante del edificio estaba repleta de barcas. Los embarcaderos estaban abarrotados de gente y allí donde mirara había actividad.

Una ducha la devolvió por completo a la vida y ya estuvo lista para salir y explorarlo todo. Eligió una ropa elegante, pero funcional, teniendo especial cuidado a la hora de seleccionar los zapatos.

–Las piedras de Venecia son las más duras del mundo –le había dicho Antonio–. Si vas a caminar, y eso tienes que hacerlo porque no hay coches, no lleves tacones.

Para calmar al fastidioso fantasma de Antonio, se decantó por un par de zapatos planos que quedaban bien con los pantalones de cadera baja rojo vino y la blusa blanca. Peinó su maravilloso cabello hacia atrás haciendo que le cayera por la espalda. Después se levantó y se puso ante el espejo para dirigirse una mirada crítica.

Arreglada, ligeramente solemne, nada que acaparara la atención de los demás. Bien.

Desayunar en su habitación sería demasiado aburrido, de modo que bajó al restaurante para darse un banquete.

Ése era uno de los placeres de su vida, podía comer lo que quisiera sin engordar. Después de disfrutar al máximo, fue hacia el mostrador de información y pidió unos panfletos con información sobre la ciudad. Los asuntos serios podían esperar mientras se divertía un poco. El joven que había tras el mostrador le preguntó muy educadamente si había ido a Venecia por alguna razón en especial.

–Me interesa el cristal y creo que aquí hay varias fábricas.

–Están en la isla de Murano. El cristal de Murano es el más fino del mundo.

–Eso he oído. Creo que la fábrica mejor considerada es la Larezzo.

–Unos dicen que es ésa y otros dicen que Perroni es la mejor. Son prácticamente iguales. Si le interesa ver cómo se trabaja el cristal, hoy hay una excursión hacia Larezzo.

–Gracias, me gustaría ir.

Una hora después una gran lancha motora se detuvo junto al embarcadero del hotel y Helena subió a bordo acompañada por otras cinco personas. Allí ya había diez turistas más y el conductor anunció que ésa había sido la última parada y que ahora se dirigirían hacia Murano.

–En un tiempo las fábricas estuvieron en Venecia –le había dicho Antonio–, pero los mandatarios de la ciudad temían que pudiera haber un incendio en una de esas fundiciones que consumiera la ciudad entera. Por eso, en el siglo XIII llevaron las fábricas de cristal a Murano.

Y allí habían estado desde entonces, dominando el arte con sus inventivas técnicas y la incomparable belleza de sus creaciones.

Ahora Helena iba en la lancha, llena de curiosidad por lo que descubriría y deleitándose con la sensación de notar el viento contra su piel. Sí, tenía mucho sentido inspeccionar la propiedad de incógnito antes de enfrentarse a Salvatore, pero Helena sabía que en el fondo simplemente estaba disfrutando de ese momento.

Llegaron al cabo de quince minutos.

Jamás había estado en un sitio parecido. La exposición de los objetos de cristal acabados ya era lo suficientemente encantadora, pero detrás de todo eso estaba el secreto de cómo se creaban esas maravillas. Los hornos, los diseñadores, los jarrones soplados a mano... todo la dejó embelesada.

Se situó a un lado de la multitud y se alejó de ellos disimuladamente; ahora estaba sola y podía pararse a ver lo que más le gustara. Lo que vio la hizo sentirse como en otro universo, uno donde el arte más deslumbrante se practicaba con una habilidad casi natural.

Finalmente pensó que debía reunirse con el grupo. Estaba abajo, en las escaleras, y para llegar hasta ellos tenía que pasar por delante de una puerta.

La puerta estaba entreabierta y pudo ver a un hombre hablando por teléfono con un tono agresivo y enfadado. Pasó por delante sin que la vieran y habría comenzado a bajar las escaleras si no se hubiera detenido en seco al oír su propio nombre.

–*Signor*a Helena Veretti, supongo que es así como debemos llamarla, por mucho que me cueste aceptarlo.

Lentamente retrocedió hasta que pudo volver a ver al hombre. Estaba de espaldas a ella, pero de pronto se volvió y le hizo dar un brusco salto hacia atrás.

Salvatore Veretti... Podía equivocarse, ya que sólo lo había visto en una vieja fotografía.

Pero en lo que no se equivocaba era en lo que estaba oyendo.

–No sé por qué aún no ha llegado. He venido a Larezzo para preguntar si alguno de los empleados sabe algo de ella, pero todos juran que no ha estado por aquí.

Ahora se alegraba de haber aprendido el dialecto veneciano ya que sin él no habría entendido ni una palabra.

–No me preguntes qué le ha pasado a esa estúpida, aunque tampoco importaría si no fuera porque no me gusta que me hagan esperar. Cuando llegue, estaré listo. Sé qué esperar, una señorita astuta y aprovechada que se casó con Antonio para echarle mano a su dinero. A él pudo engañarlo, pero a mí no me engañará. Si cree que va a hacerse con el control aquí, está equivocada. Y si cree que no sé qué clase de persona es, está más equivocada todavía.

Hubo una pausa durante la cual Helena entendió

que al otro lado de la línea alguien intentaba hablar también... aunque no logró hacerlo por mucho tiempo.

–No es problema. No sabrá lo que vale Larezzo y aceptará cualquier cosa que le ofrezca. Si no, si está tan loca como para quedarse con la fábrica, entonces la presionaré y acabaré comprándosela por una miseria. Sí, eso es jugar sucio, ¿y qué? Es el modo de obtener resultados y éste es el resultado que estoy empeñado a conseguir. Luego te llamo.

Helena se alejó rápidamente y bajó las escaleras corriendo para reunirse con su grupo. Ahora se sentía furiosa.

Había estado dispuesta a hacer un trato razonable, pero ese hombre no era razonable. Ni siquiera era un hombre civilizado y su comportamiento resultaba insoportable.

«Si cree que no sé qué clase de persona es...».

Esas palabras ardían en su mente.

«Yo te diré la clase de persona que soy», pensó. «Soy la clase de persona que no tolera un comportamiento como el tuyo, la clase de persona que te pondría un ojo morado y disfrutaría haciéndolo. Yo soy de esa clase. Bien, si así es como quieres hacerlo, disfrutaré de una buena pelea».

Capítulo 2

DISCRETAMENTE, Helena volvió a mezclarse entre el grupo, aliviada porque, al parecer, nadie se había percatado de su ausencia. Rico, el guía, estaba anunciando el final de la visita.

–Pero antes de llevaros de vuelta, hacednos el honor de aceptar un refrigerio. Por aquí, por favor.

Los llevó hasta una sala donde había una mesa larga con tartas, vino y agua mineral y comenzó a servirles. Cuando estaba dándole un vaso a Helena, alzó la vista bruscamente, alertado por alguien que acababa de entrar en la habitación y que lo estaba llamando.

–Perdona que te moleste, Rico, pero ¿sabes dónde está Emilio?

Helena reconoció el nombre. Emilio Ganzi había sido el administrador en quien Antonio había confiado durante años.

–Ha salido –dijo Rico–, pero llegará en cualquier momento.

–Está bien, esperaré.

Era él, el hombre que había visto en el despacho, y ahora ya no tuvo dudas de que se trataba de Salvatore. Se quedó atrás, discretamente, y así tuvo la oportunidad de observar a su enemigo sin ser vista.

Daba muestras de ser un digno oponente, eso tenía que admitirlo. Antonio había dicho que era un hombre que no esperaba que lo desafiaran y eso se reflejaba en su pose, en ese aire de seguridad en sí mismo tan sutil que algunos podrían no llegar a ver.

Pero ella lo vio y supo exactamente lo que Antonio había querido decir. Salvatore era alto, mediría más de metro ochenta, tenía el pelo negro y los ojos marrón oscuro, de un tono que parecía tragarse la luz. Helena se preguntó si iría al gimnasio. Bajo su convencional vestimenta, podía notar unos músculos duros proclamando un predominio de cuerpo, y no sólo de mente.

Su rostro tenía dos caras; una sensual, oculta bajo la superficie, y otra de rígido autocontrol. Al recordar la furia y la frustración con la que le había oído hablar antes y comparándolas con esa actitud educada de ahora, supuso que estaba haciendo un gran esfuerzo por controlarse.

Sin embargo, a pesar de estar enmascarada, la sensualidad se dejaba ver en la ligera curva de su boca, en el modo en que sus labios se rozaban. Todo su ser reflejaba una sensación de poder contenido y dispuesto a explotar en cualquier momento.

Se estaba moviendo entre el grupo y, al ver que eran ingleses, dejó de hablar en italiano y comenzó a preguntarles educadamente por qué había querido visitar una fábrica de cristal y por qué ésa en particular. Su actitud era agradable, cercana, y su sonrisa aparentemente cálida. Bajo otras circunstancias, Helena lo habría encontrado un hombre encantador.

Cuando se fijó en ella, se quedó callado brevemente, algo que siempre les sucedía a los hombres al ver su belleza. En un instante, Helena decidió cuál sería su próximo movimiento.

¿Por qué no divertirse un poco?

Y así, llevada por un perverso impulso, le dirigió una seductora sonrisa.

–¿Le apetece una copa de vino? –le preguntó Salvatore mientras se acercaba a ella.

–Gracias.

Se la sirvió él mismo y se situó a su lado, a la vez que le preguntaba educadamente:

–¿Se está divirtiendo?

Salvatore no tenía la más mínima idea de que ella era el enemigo que estaba tan seguro de poder vencer. Y Helena, como modelo, a menudo había necesitado actuar y ahora emplearía esas tácticas de interpretación para asumir un papel de inocente entusiasmo.

–Sí, mucho. Los lugares así me fascinan. Es maravilloso poder ver cómo funcionan por dentro.

Lo miró fijamente con esos ojos grandes y azules que habían logrado hacer llorar a los hombres más duros. Él la recompensó con una media sonrisa que claramente le decía que le gustaba su físico, que no lo estaba engañando con sus tácticas, pero que no le importaba pasar el tiempo así siempre que ella no exagerara.

«¡Descarado!», pensó Helena. Estaba evaluándola como si fuera una posible inversión para ver si le merecía la pena malgastar su tiempo con ella.

Para ser la belleza que era, Helena no era engreída, pero aquello estaba resultando insultante. Después de los comentarios que había oído desde la puerta del despacho, aquello era prácticamente una declaración de guerra.

Pero ella también le había declarado la guerra, aunque Salvatore no lo supiera, y ahora había llegado el momento de tantear el terreno.

–Es una pena que las excursiones a este lugar sean tan cortas –comentó entre suspiros–. No hay tiempo para ver todo lo que quieres.

–¿Por qué no le enseño un poco más todo esto?

–Eso sería maravilloso.

Unas miradas de envidia la siguieron, a la mujer que había capturado al hombre más atractivo de la sala en dos minutos y medio. Al salir, se oyó una voz tras ellos.

–Todas podríamos hacerlo si tuviéramos sus piernas.

Helena contuvo la risa y él sonrió.

–Imagino que estás acostumbrada a esto –murmuró él sin añadir nada más, no hacía falta.

La visita resultó fascinante. Él fue un guía excelente con un don para explicar las cosas simple pero detalladamente.

–¿Cómo consiguen ese precioso tono rubí? –preguntó ella maravillada.

–Emplean una solución de oro como agente colorante –le respondió.

Otra de las cosas que le resultaron impactantes fue la hilera de tres hornos. El primero contenía el cristal fundido en el que se hundía un extremo de la caña. Cuando se había trabajado y enfriado un poco el cristal, volvía a calentarse en el segundo horno a través de un agujero que había en la puerta, el Agujero Sagrado. Eso se repetía una y otra vez manteniendo el cristal en la temperatura ideal para moldearlo. Cuando se había conseguido la forma perfecta, pasaba al tercer horno, donde se enfriaba lentamente.

–Me temo que puede tener demasiado calor aquí dentro –comentó Salvatore.

Ella negó con la cabeza. Era verdad, hacía un calor infernal, pero muy lejos de resultarle incómodo, parecía bañarla con su resplandor. Se mantuvo todo lo cerca que se atrevió de la luz roja que salía del Agujero Sagrado mientras sentía como si su ser estuviera abriéndose a ese feroz resplandor.

–Volvamos –le dijo Salvatore.

Muy a su pesar, Helena dejó que la sacara de allí. El calor estaba haciendo que la sangre le recorriera las venas con más fuerza que nunca y se sentía misteriosamente exaltada.

–¿Se encuentra bien? –le preguntó él con las manos sobre sus hombros y mirando a su encendido rostro.

–Sí, muy bien –murmuró ella.

–Despierte –le dijo zarandeándola suavemente.

–No quiero.

–Sé lo que siente. Este lugar resulta hipnótico, pero tiene que tener cuidado. Venga.

La llevó hasta el lugar donde un hombre estaba soplando un cristal por una caña y girándolo lentamente para que no se combara y perdiera su forma. Al verlo, Helena volvió a la realidad.

–Resulta increíble que siga haciéndose de este modo. Sería más fácil usar una máquina.

–Así es. Hay máquinas que pueden hacer el trabajo y, si eso es lo que buscas, está bien. Pero si lo que quieres es hacer un trabajo perfecto, una creación hermosamente esculpida por un artesano que vuelca su alma en su arte, entonces tienes que venir a Murano.

Hubo algo en la voz de Salvatore que le hizo mirarlo rápidamente.

–No hay nada parecido –añadió Salvatore–. En un mundo donde las cosas están cada vez más mecanizadas, aún queda un lugar que está luchando contra las máquinas.

Soltó una breve carcajada.

–Nosotros, los venecianos, siempre mostramos devoción por todo lo que tenga que ver con Venecia. Para el resto del mundo la mayoría de las cosas que decimos parecen estupideces.

–Yo no creo que...

–Hay algo más que podría interesarle –añadió como si no la hubiera oído–. Por aquí.

Helena lo siguió, intrigada, no por lo que fuera a enseñarle, sino por el breve brillo que había visto en sus ojos y al que él puso freno tan bruscamente.

–No todo el cristal es soplado –dijo mientras la conducía hasta la siguiente sala–. Las figuras y las joyas requieren de un arte distinto.

Una pieza llamó la atención de Helena, un colgante con forma de corazón. El cristal parecía ser azul oscuro, pero con el movimiento cambiaba de malva a verde. Lo sostuvo en la mano mientras pensaba en una pieza exactamente igual, a diferencia del color, que tenía en el hotel, en su joyero. Había sido el primer regalo que le había hecho Antonio.

«De mi corazón al tuyo», le había dicho sonriendo de un modo que la había conmovido.

Lo había llevado puesto en la boda y también en su funeral, para complacerlo.

–¿Le gusta? –le preguntó Salvatore.

–Es precioso.

Se lo quitó de las manos.

–Dese la vuelta.

Así lo hizo y sintió cómo él le echaba el pelo a un lado, le colocaba la cadena alrededor del cuello y la abrochaba. Sus dedos le rozaron ligeramente la piel y de pronto ella quiso alejarse, pero arrimarse a la vez y sentir sus manos sobre el resto de su cuerpo.

Y entonces ahí acabó todo, dejó de sentir el roce de sus dedos y volvió a la realidad.

–Le sienta muy bien –dijo Salvatore–. Quédeselo.

–Pero, no puede dármelo a menos que... Oh, Dios mío, usted es el encargado de la fábrica –se llevó la mano a la boca en un gesto de sorpresa fingida–. He estado robándole su tiempo...

–No, no soy el encargado.

–Entonces, ¿es usted el dueño?

La pregunta pareció desconcertarlo. No respondió y ella aprovechó para presionar un poco más.

–Este lugar es suyo, ¿verdad?

–Sí. Al menos pronto lo será, cuando se aclaren unas cuestiones sin importancia.

Helena se le quedó mirando. Eso sí que era arrogancia a gran escala.

–Cuestiones sin importancia –repitió ella–. Ya entiendo. Quiere decir que hay un acuerdo de venta y que en pocos días se hará con el poder. ¡Es maravilloso!

–No tan rápido. Algunas veces hay que negociar un poco.

–Oh, vamos, está tomándome el pelo. Apuesto a que es usted uno de esos hombres que ve algo, lo quiere y se empeña en conseguirlo. Pero alguien se lo está poniendo difícil, ¿no es así?

Para su sorpresa, Salvatore sonrió.

–Tal vez un poco, pero nada a lo que no pueda hacer frente.

Resultaba maravilloso cómo la sonrisa transformaba su rostro y lo dotaba de un aire de encanto.

–¿Y qué pasa con el pobre propietario? –dijo ella, bromeando–. ¿Sabe lo que está pasando o acaso le está esperando esa maravillosa sorpresa a la vuelta de la esquina?

En esa ocasión él se rió a carcajadas.

–No soy un monstruo, por mucho que usted pueda pensarlo. Lo juro. Y el propietario es una mujer que probablemente tendrá sus propios ardides.

–Algo, a lo que por supuesto, usted sabrá enfrentarse.

–Digamos simplemente que aún no me ha vencido nadie.

–Hay una primera vez para todo.

–¿Eso cree?

Helena se le quedó mirando, desafiándolo y provocándolo.

–Conozco a los hombres como usted. Cree que puede con todo porque nunca le ha sucedido lo contra-

rio. Usted es la clase de hombre que provoca a los demás a que le den un puñetazo sólo para tener así una
nueva experiencia.

–Siempre estoy abierto a nuevas experiencias. ¿Le
gustaría darme un puñetazo?

–Algún día seguro lo haré. Ahora sería un esfuerzo
demasiado grande.

Él volvió a reírse; fue un sonido desconcertantemente
agradable que la invadió.

–¿Lo reservamos para el futuro? –preguntó él.

–Estaré deseando que llegue.

–¿Desafía a todos los hombres que conoce?

–Sólo a los que creo que lo necesitan.

–Podría darle una respuesta obvia, pero hagamos una
tregua.

–Siempre que sea armada –señaló ella.

–Mis treguas siempre son armadas.

Salvatore paró a una joven que pasaba por allí y le dijo
algo en veneciano. Cuando la chica se marchó, él dijo:

–Le he pedido que nos lleve algo para tomar afuera,
donde podamos sentarnos.

Era una terraza con vistas a un pequeño canal con
tiendas a lo largo de la orilla. Resultaba agradable tomar café allí.

–¿Es su primera visita a Venecia?

–Sí, llevaba años pensando en venir, pero nunca lo
hacía.

–¿Ha venido sola?

–Sola.

–Me cuesta creerlo.

–Me pregunto por qué.

–Dejémonos de juegos. No hace falta que diga que
a una mujer tan bella como usted nunca debe de faltarle compañía.

–Pero tal vez hace falta que usted sepa que una mujer

puede preferir estar sola. No es siempre el hombre el que elige, ¿sabe? A veces es ella la que decide y manda al hombre a paseo.

Él sonrió irónicamente.

–*Touché*. Supongo que me lo merezco.

–Y tanto.

–¿Y nos ha mandado a todos a paseo?

–A algunos. Hay hombres con los que no se puede hacer otra cosa.

–Debe de haber conocido a unos cuantos.

–A bastantes. La soledad puede llegar a resultar muy atrayente.

–Y por eso viaja sola.

–Sola..., pero no me siento sola.

Eso pareció desconcertarlo. Tras un instante, dijo en voz baja:

–Pues entonces usted debe de ser la única persona que no se siente así.

–Estar con uno mismo, estar a salvo de los ataques de los demás y sentirse feliz por ello no es muy duro.

–Eso no es verdad y lo sabe –respondió él mirándola fijamente–. Si lo ha conseguido, es la única. Pero no creo que lo haya hecho. Es su manera de engañar al mundo... de engañarse a sí misma.

La pregunta la desconcertó y tuvo que respirar hondo antes de responder:

–No sé si tiene razón. Tal vez nunca lo sabré.

–Pero a mí me gustaría saberlo. Me gustaría ver qué hay detrás de esa máscara que lleva puesta.

–Si me la quitara para todo el mundo, entonces no habría razón para llevarla.

–No para todo el mundo. Sólo para mí.

De pronto, a Helena le costó respirar. Fue como si una nube hubiera cruzado el sol sumiendo al mundo en la sombra, haciendo que las cosas que hacía un momento eran sencillas resultaran complejas.

–¿Por qué debería contarle lo que no le cuento a nadie? –logró decir al final.

–Sólo usted puede decidirlo.

–Es verdad. Y mi decisión es que... –vaciló. Algo en los ojos de Salvatore intentaba hacerle decir lo que él quería oír, pero tenía que resistirlo–. Mi decisión es que he guardado mis secretos hasta el momento y pienso seguir haciéndolo.

–Cree que sus secretos están a salvo, ¿verdad?

Hubo algo en el tono de su voz que le hizo creer que ni sus secretos, ni su corazón, ni ella misma estarían a salvo.

–Creo... creo que me esforzaré mucho para mantenerlos a salvo.

–¿Y que tiemblen los intrusos?

–Exacto.

–¿Pero no sabe que su actitud supone un desafío para los intrusos?

Ella sonrió. Estaba empezando a sentirse cómoda.

–Claro que lo sé, pero ya he luchado esta batalla antes y siempre gano.

Él le tomó la mano y le acarició el dorso con los labios. Helena respiró entrecortadamente.

–Yo también –le aseguró Salvatore.

–Es la segunda vez que me dice que es invencible; una en lo que respecta al trabajo y otra en...

–¿Por qué no le pone nombre?

Ella lo miró a los ojos.

–Tal vez el nombre no importa.

Antes de que él pudiera responder, el ruido de un motor hizo que Helena volviera la cabeza y viera cómo se alejaba por el agua la embarcación que la había llevado hasta allí.

–¡Eh!, deberían haberme esperado –protestó.

–Les he dicho que no lo hicieran. Yo la llevaré.

–¿Les ha dicho que se marcharan sin mí? ¿Sin consultármelo a mí primero?

–Estaba seguro de que estaría de acuerdo.

–No, no es cierto. Por eso no me lo ha preguntado. ¡Es usted un descarado!

–En ese caso, le pido disculpas. No pretendía molestarla.

–Claro que no –dijo ella con tono afable–. Sólo pretendía salirse con la suya causando las menos molestias posibles. ¿Qué tiene eso de malo?

–No podría estar más de acuerdo.

–Supongo que la pobre tonta que es dueña de este lugar va a recibir el mismo trato hasta que ceda.

–No se compadezca de ella; no es tonta, sino una mujer muy lista que se hizo con Larezzo de un modo muy astuto y que querrá venderla por el precio más alto posible.

–Y como usted quiere este lugar, ella se está riendo.

–Dudo que ría cuando yo haya terminado. Pero no hablemos más de ella. No me resulta interesante y usted aún no me ha dicho su nombre.

Se salvó de tener que responder cuando Rico apareció detrás de Salvatore para hacerle saber que el administrador y supervisor de la fábrica ya había regresado y que lo esperaba. Salvatore le dio las gracias y se volvió hacia Helena... que ya se había ido.

–¿Pero qué...? ¿Has visto adónde ha ido?

–Está allí, a la vuelta de la esquina, *signor* –respondió Rico.

Pero cuando Salvatore fue tras ella, se topó con una pequeña *piazza* con cuatro salidas y ninguna pista que le indicara por cuál había ido. Corrió de una pequeña calle a otra, a pesar de saber que era inútil.

Finalmente se detuvo furioso por la facilidad con la que había logrado zafarse de él en su propio territorio. Ante de regresar, recompuso el gesto para poder decirle a Rico con naturalidad:

–¿Sabes por casualidad quién era?

–No, *signor*. Ha venido como una más del grupo. ¿Es importante?

–No, en absoluto –respondió con tono alegre–. Volvamos al trabajo.

A Helena le resultó fácil volver a Venecia. Los taxis circulaban con la misma facilidad que en cualquier otra ciudad, con la diferencia de que se movían por el agua. Pronto estaba cruzando la laguna mientras intentaba poner en orden sus contradictorias emociones.

La satisfacción combatía con el enfado. Había desafiado al enemigo en su propia guarida, lo había mirado, lo había analizado, había sentido curiosidad por él y había salido victoriosa en su despedida. Ahora lo único que quedaba era hacerle sufrir por la opinión que tenía de ella.

Y sabía cómo.

Antonio le había hablado sobre la rapidez con que corrían las noticias por Venecia.

–Susurra un secreto a un lado del Gran Canal y llegará al otro lado antes de que llegues tú –le había dicho.

Ahora lo pondría en práctica.

Al regresar al hotel fue hacia el mostrador de información, donde aún seguía atendiendo el mismo joven de antes.

–He pasado un día maravilloso –dijo entusiasmada–. ¿No es Venecia la ciudad con más encanto del mundo? ¡Y pensar que soy la dueña de una parte de ella!

Siguió hablando maravillada para asegurarse de que el chico sabía que ella era la viuda de Antonio Veretti y la nueva propietaria de Cristales Larezzo. Por la expresión de sorpresa del chico, a quien parecía que se le iban a salir los ojos, supo que le había quedado claro. Cuando entró bailando en el ascensor, estaba segura de que el joven ya estaba levantando el teléfono.

Ya en su habitación, se dispuso a tomar una serie de decisiones con las que disfrutaría.

¿Ese vestido? No, demasiado descarado. Ese otro, entonces... negro, elegante, ligeramente austero. Pero no sabía cuándo se reunirían. Podría ser durante el día, de modo que tal vez sería más apropiado algo más formal. Al final tendió varios trajes sobre la cama dispuesta a tomar la decisión final.

Al salir de la ducha el teléfono sonó. Respondió con prudencia, intentando disfrazar su voz, pero el hombre que estaba al otro lado de la línea no era Salvatore.

–¿Hablo con la *signora* Helena Veretti?

–Así es.

–Soy la secretaria del *signor* Salvatore Veretti. Me ha pedido que le diga que se alegra de su llegada a Venecia y que está deseando reunirse con usted.

–Qué amable es el *signor* Veretti.

–¿Le parecería muy precipitado esta noche?

–En absoluto.

–El *signor* propone cenar en el *palazzo* Veretti. Su barquero irá a buscarla a las siete y media.

–Estoy deseándolo.

Colgó y se quedó sentada un momento mientras algo que no había esperado le sucedía por dentro.

La invitación era exactamente lo que había querido, de modo que no tenía sentido que la hubiera asaltado la duda, pero de repente se sentía confundida. No tenía sentido. No tenía nada que temerle a ese hombre. El poder estaba en sus manos, no en las de él.

Manos. La palabra pareció saltar de su interior. Las manos de Salvatore sobre su nuca, sus dedos acariciándola, apartándose, acariciándola de nuevo. Y ella intentando respirar en medio de esa tormenta que la había engullido sin previo aviso.

¡Nunca más! Eso se lo había prometido hacía mucho tiempo, cuando tenía dieciséis años, cuando ese modo tan brutal en que terminó su primer amor le dejó sintiendo una gran hostilidad hacia los hombres y helada ante sus caricias.

Ellos no lo sabían. No hubo ni uno solo de ellos que no viera más allá de la fachada de mujer seductora tras la que se ocultaba para ver la verdad que había en su interior. Los había utilizado para trepar hasta lo más alto de su carrera, había ganado dinero a costa de ellos. Y luego, había dormido sola.

En todos esos años no había vuelto a conocer el irresistible deseo que una vez la había llevado hasta el desastre. En alguna que otra ocasión había aparecido un ligero susurro de placer que había controlado alejándose de ese hombre en cuestión. Con el tiempo, esas ocasiones se habían hecho cada vez menos frecuentes y se había preparado para afrontar el futuro en soledad, pero entonces había conocido a Antonio, un hombre que la había adorado sin que hubiera relación física de por medio. Habían sido perfectos el uno para el otro y el verdadero legado que él le había dejado no había sido su fortuna, sino el haberla hecho fuerte, lo suficientemente fuerte como para plantarle cara a un futuro incierto.

–Tengo treinta y dos años –se dijo exasperada–. La próxima parada es la mediana edad. Hasta ahora lo he logrado, puedo con lo que queda.

Definitivamente, el vestido negro, uno de los últimos regalos de Antonio. Era de seda, ceñido y con escote. El largo era hasta justo por encima de las rodillas, no lo suficientemente arriba como para resultar impúdico, pero sí lo suficiente para lucir sus largas piernas. Y tras un día con unos zapatos apropiados para andar, le resultó todo un placer subirse a sus tacones de aguja.

Se dejó su hermoso y abundante cabello suelto y se lo echó sobre los hombros.

Eligió las joyas con moderación; además de su anillo de boda, llevaba un reloj de oro, dos diminutos pendientes de diamante y el corazón de cristal que le regaló Antonio. A diferencia del azul con el que la había obsequiado Salvatore, ése era de un rojo oscuro que en ocasiones se aclaraba hasta un rosa intenso, pero que siempre recuperaba el tono de las rosas rojas.

–Bien –dijo frente al espejo–. Que empiece la guerra.

Capítulo 3

ESPERÓ abajo hasta que el portero la llevó a la barca que la esperaba y que resultó ser una góndola. El gondolero inclinó la cabeza a modo de saludo antes de darle la mano para ayudarla a subir y, una vez estuvo cómodamente sentada, zarparon.

Esa hora de la tarde era el mejor momento para ver el Gran Canal. Las luces resplandecían tras las ventanas de los edificios alineados en las orillas y el sol de abril se estaba poniendo proyectando su brillo sobre el agua y la multitud de embarcaciones que en ella había, góndolas que transportaban a los turistas rodeados de una atmósfera de romance y placer.

–¿Está muy lejos? –le preguntó al gondolero.

–A muy poca distancia, *signora*. El *palazzo* Veretti es magnífico. A todo el mundo le encanta.

Un momento después Helena vio lo que el hombre había querido decir cuando doblaron una curva del canal y el edificio se alzó ante ellos. Tal y como había dicho, era magnífico, de mármol gris claro decorado al estilo renacentista, con cuatro plantas y diez ventanas en cada una con vistas al canal y todas ellas iluminadas.

Contuvo el aliento ante su belleza y el mensaje que el edificio quería dar: ésa era la casa de un hombre poderoso que quería que todo el mundo lo supiera.

La góndola giró y se dirigió al embarcadero situado delante del *palazzo*. Y allí, de pie y con los ojos puestos en ellos, estaba Salvatore.

Lo miró a la cara y comprobó, bajo la luz de la noche, que él no estaba seguro de lo que estaba viendo. Cuando la góndola se detuvo, él le tendió la mano para ayudarla a bajar. Una vez en el suelo, la mano de Salvatore se tensó alrededor de la suya al ver su cara. ¿Era ella? ¿O no?

Helena le dirigió una sonrisa desafiante, calculada para hacerlo enfadar.

–Buenas noches, *signor* Veretti –dijo dulcemente–. Qué amable ha sido al invitarme.

–¿Usted? ¿La he invitado... a usted?

–Ha invitado a la *signora* Helena Veretti y ésa soy yo. Espero no decepcionarle.

–No me decepciona, *signora*. Más bien me ha sorprendido.

–Quiere decir que le ha impactado.

–Es posible –respondió él lentamente.

–Ah, es por esa trampa que le he tendido esta tarde. ¿Ha sido muy perverso por mi parte? ¿Está enfadado?

–Claro que no. Puedo aceptar una broma.

Pero Helena sabía que estaba mintiendo y que sonreía únicamente porque el barquero estaba delante, pero por dentro estaba furioso.

¡Bien!

Tras pagar al gondolero, Salvatore le ofreció su brazo y la llevó hasta el vestíbulo con su impresionante escalera. Sólo en ese momento la miró lo suficientemente de cerca como para ver lo que llevaba alrededor del cuello. Contuvo el aliento ante el corazón de cristal, tan parecido al que él le había regalado esa tarde, aunque de un color rojo intenso.

–Es un regalo de mi esposo –dijo ella tocándolo.

–La felicito, *signora*, ha sido una gran actuación. Ahora entiendo por qué no me dijo su nombre.

–Habría sido una lástima estropear una broma tan buena.

–Sin duda. Pero dejemos ese asunto para después. La he traído aquí para que disfrute de la mejor cena de su vida.

«Me querías traer aquí para aplastarme», pensó ella. «Ahora necesitas tiempo para reagrupar tus fuerzas».

La llevó hasta una gran sala, profusamente amueblada con piezas que parecían tener doscientos años de antigüedad.

Antonio le había contado la historia del *palazzo*, que durante un tiempo perteneció a una familia noble llamada Cellini:

–Pero se gastaron todo su dinero hace unos cien años. Después llegaron los Veretti, sin título pero sí con mucho dinero, y les compraron el palacio por un precio bajísimo, que es como a ellos les gusta comprar. Recuerda eso cuando estés negociando con Salvatore.

«Oh, sí. Lo recordaré», pensó Helena.

Salvatore le indicó que se sentara en el sofá y se dirigió al mueble bar.

–Creo que puedo ofrecerle algo un poco mejor que lo de esta tarde.

–Pero es que esta tarde usted no era más que el sustituto del auténtico propietario –le recordó ella alegremente.

–Es cierto –respondió él negándose a morder el anzuelo–. Supongo que le debo una disculpa.

–No se disculpe. Nunca antes me había divertido tanto.

Vio un brillo de verdadera furia en sus ojos que él se apresuró a contener. Era peligroso provocarlo, pero eso hacía que todo fuera más excitante.

El vino era excelente y se lo bebió lentamente antes de dejarlo sobre la mesa.

–¿Un poco más? –preguntó él.

–No, gracias. Esta noche tengo que andar con ojo.

–En ese caso, ¿por qué no cenamos?

Salvatore la llevó hasta una mesa junto a una ventana alta que se abría a un balcón con vistas al Gran Canal y, cortésmente, le retiró la silla para que se sentara.

Al principio la deliciosa comida veneciana la mantuvo en silencio, pero finalmente Helena alzó la vista hacia él y, sonriendo, dijo:

–Como ha dicho antes, ésta está siendo la mejor comida de mi vida.

–*Signora...*

–¿Por qué no me llamas Helena? Creo que ya podemos saltarnos las formalidades.

–Estoy de acuerdo, Helena.

–Espero que podamos centrarnos en los negocios. Los dos hemos tenido tiempo de poner nuestras ideas en orden.

–Ah, negocios. Tienes razón. Pon un precio.

–¿He oído bien? ¿Te atreves a decirme eso... después de todo lo que has dicho hoy?

–Me has tendido una trampa.

–Mejor para mí porque de lo contrario no habría podido saber qué pensabas en realidad.

–¿Te estabas divirtiendo, verdad? –la acusó.

–Bueno, ¿puedes culparme por eso? Estabas tan seguro de que me harías bailar a tu son que has sido un objetivo irresistible.

–Tal vez he sido algo incauto. He dado por sentado que te alegraría vender por el mejor precio que pudieras obtener.

–¿Por qué lo has dado por sentado? Tal vez quiero quedarme y disfrutar del legado de mi esposo.

Él se mostró impaciente.

–Por favor, vamos a dejar de fingir.

–Ah, sí, claro, estás muy seguro de conocer lo que

pienso en verdad –comenzó a repetir en veneciano las mismas palabras que él había empleado antes–: «Una señorita astuta y aprovechada que se casó con Antonio para echarle mano a su dinero. A él pudo engañarlo, pero a mí no me engañará».

–¿Qué?

–«Si cree que va a hacerse con el control aquí, está equivocada. Y si cree que no sé qué clase de persona es, está más equivocada todavía».

Helena esperó a que respondiera, pero él se limitó a mirarla con unos ojos fríos como el hielo.

–He ido a la fábrica con una actitud completamente inocente, sólo quería verla después de todo lo que me había contado Antonio. Ha sido pura casualidad haber pasado por delante del despacho mientras estabas al teléfono, pero me alegro de que haya sido así. Cuando alguien tiene una opinión cruel e insultante sobre ti, siempre es mejor saberlo.

Salvatore se levantó bruscamente y se alejó de la mesa como si no soportara estar a su lado.

–¿Hablas... veneciano?

–Antonio me enseñó. Apostamos a que no podía aprenderlo tan bien como el italiano. Y hay otra cosa que será mejor que te quede clara. Toma.

Sacó un papel de su bolso y se lo dio. Era un certificado de matrimonio.

–Mira la fecha. Si Antonio hubiera vivido un poco más, habríamos celebrado nuestro segundo aniversario. No me casé con él «en el último minuto».

Tuvo la satisfacción de verlo enrojecerse.

–Y tampoco necesito su dinero. No me casé con él por el dinero y ahora no necesito hacer una venta rápida. Por favor, no lo olvides.

–Está bien –dijo él levantando las manos–. Hemos empezado mal...

–No, tú has empezado mal sacando conclusiones sobre mí y extendiendo rumores por toda Venecia. Podría demandarte por difamación.

–¿Has terminado?

–No, apenas he empezado.

–¿Y si yo no quiero escucharte?

–¿Acaso te he preguntado lo que quieres? –Helena vio su gesto de sorpresa y se abalanzó sobre su presa–. ¿A que es agradable que te intimiden? Aunque no creo que lo haga tan bien como tú, pero dame un poco más de tiempo para practicar.

–Y estoy seguro de que aprovecharás todas las oportunidades que tengas.

–¿Me culpas?

–En absoluto. Yo haría lo mismo si estuviera en tu lugar. Siempre hay que golpear al enemigo cuando esté en el suelo. Es lo más efectivo.

–¿Así que no niegas que eres mi enemigo?

–Quedaría como un tonto si ahora intentara negarlo, ¿no crees? ¿Por qué intentarlo y exponerme a tu desdén?

Antes de que ella pudiera responder, la puerta se abrió y la doncella apareció con el siguiente plato. Él volvió a la mesa y los dos se quedaron en silencio hasta que volvieron a estar solos.

–Siempre podría disculparme –dijo Salvatore.

–¿Por todo?

–Por todo lo que recuerdo, aunque seguro que, si me olvido de algo, tú me lo recordarás.

–Puedo perdonarlo todo excepto el último comentario, eso de «la clase de mujer que es». ¿Qué clase de mujer soy, Salvatore?

–Por favor... ¿tenemos que entrar en eso?

–Creo que sí. «Una señorita astuta y aprovechada

que se casó con Antonio para echarle mano a su dinero». ¿Por qué no acabas de una vez y directamente me llamas «prostituta»?

Tuvo el placer de ver que su franqueza lo hacía sentirse incómodo.

–Dejémoslo en «una señorita muy inteligente» –dijo él.

–No, dejémoslo en «prostituta» porque eso es lo que quieres decir. Ten el valor de admitir lo que piensas. Si vas a llamarme de algún modo, dímelo a la cara.

–Tienes razón, *signora*, no me gusta que me intimiden...

–No, prefieres ser tú el que haga sentirse intimidado a los demás.

–*Silenzio!* –dijo él bruscamente–. Si no te importa, me gustaría hablar sin que me interrumpieras y sin que pongas en mi boca palabras que yo no he dicho. Yo no te he llamado prostituta...

–Pero era lo que querías decir.

–Ten la amabilidad de no decirme lo que pienso. Yo mismo te lo diré. Si estuviste casada con Antonio dos años, entonces eso debo respetarlo, pero no hace que deje de pensar que viste algo que te gustó y que quisiste asegurarte de que era para ti. ¿Por qué, si no, una mujer joven y bella se casa con un hombre que le dobla la edad?

–Hay muchas razones, aunque tú no entenderías ninguna.

–Así que cualquiera que no vea las cosas como las ves tú es un tonto ignorante...

–Eso lo has dicho tú...

–Pero tú sabes la verdad sobre ti, aunque por alguna razón finges no hacerlo. Si te digo que eres bella, no es un cumplido. Una belleza como la tuya es una trampa, un peligro. La ves cada vez que te miras al espejo y te esfuerzas por llevarla a la perfección para tender tus trampas y hacer que tus víctimas queden indefensas.

–¿Y crees que Antonio era mi víctima?

–No tengo la menor duda. Él era un amante de la belleza y un amante todavía mayor de la atracción sexual. Debió de ser una presa fácil. ¿Tenías el mismo aspecto que tienes ahora?

–Sí, le gustaba así. Cuanto más alardeaba de mi cuerpo delante de otros hombres, más disfrutaba él porque eso hacía que se sintieran celosos.

–¿Y también te dijo que siguieras alardeando de cuerpo después de que muriera?

–Aunque te parezca extraño, sí, lo hizo. Es más, él me compró este vestido y me ordenó que me lo pusiera porque dijo: «Ni se te ocurra ocultarte bajo los lutos de una viuda. Quiero que el mundo te vea como yo te conocí». Te estarías preguntando por qué una mujer que se ha quedado viuda hace unas semanas viste así, bueno, pues ya lo sabes. Estoy obedeciendo una orden de mi esposo.

Salvatore estaba a punto de emitir un sonido de incredulidad cuando cayó en la cuenta de que ésa era exactamente la clase de cosa que Antonio habría dicho.

–Me pregunto por qué obedeces esa orden en particular ahora mismo. ¿Se supone que yo también debo ser una víctima indefensa?

–A mí no me pareces muy indefenso –apuntó ella.

–Eso es porque estoy protegido. Conozco a las mujeres como tú. Sé cómo pensáis y calculáis, qué queréis y cómo lo conseguís. No tienes que intentar ocultarlo, yo te lo daré.

–Te adulas a ti mismo si piensas que voy a intentar añadir tu cabellera a mi colección. ¿Por qué querría hacerlo? –le preguntó Helena con incredulidad.

–Porque soy un enemigo, claro. ¿Qué podría ser más satisfactorio? Ya que eres tan sincera, seamos sinceros. Primero domina al enemigo y después pide lo que quieras.

Su voz era fría y peligrosa.

–¿Y qué crees que quiero de ti, Salvatore? Yo tengo todas las cartas, lo que significa que yo pongo las condiciones. Ni siquiera necesito dominarte, como tú dices.

–Eres una mujer con mucho valor.

–No, no lo soy. Soy sólo la mujer que tiene algo que tú quieres y que no te lo va a dar fácilmente. ¿Por qué iba a necesitar valor para eso?

–Por varias razones que se me ocurren, pero que probablemente a ti no. Aquí eres una extraña. Deberías preguntar por ahí. Hay muchos que te podrán decir que siempre consigo lo que quiero porque mis métodos son... irresistibles.

–Estoy temblando... –y con una voz deliberadamente provocativa, añadió–: Si no decido vender, tú no puedes hacer nada.

–Pero puedo proponerte un gran trato.

–Oh, sí, ¡ahora lo recuerdo! Ibas a presionarme y a comprarme la fábrica por una miseria. ¿Cómo he podido olvidarlo? Probablemente porque en ese momento me dio un ataque de risa.

El rostro de Salvatore se ensombreció como si estuviera conteniendo su furia con dificultad, pero ella estaba pletórica y nada la detendría.

–Y no cuentes con que no sé el valor que tiene Larezzo –continuó–. Me has dicho lo poderoso que eres en Venecia, pero ser poderoso implica tener enemigos. Apuesto a que hay mucha gente dispuesta, no, mejor dicho, ansiosa por decirme el valor de la fábrica y darme la clave de tu debilidad.

En ese momento, él ya se había puesto de pie.

–¿Así que crees que puedes encontrar mi punto débil?

Ella se acercó un poco para que su aliento pudiera rozarle la cara.

–Creo que acabo de encontrar uno –le susurró.

Cuando la agarró por los brazos, Helena supo que no se había equivocado. Salvatore estaba temblando mientras que ella pensaba en presionarlo un poco más.

Pero el sonido de unos pasos la detuvo y la hizo apartarse de él bruscamente cuando la puerta se abrió. Era la doncella.

–El *signor* Raffano está al teléfono.

Salvatore estaba pálido, pero su voz era calmada.

–Ahora mismo voy. ¿Me disculpas un momento? –añadió dirigiéndose a Helena.

–Por supuesto.

Salvatore respondió al teléfono en la habitación contigua.

–*Pronto!*

–Tenía que saber qué tal te iba –dijo Raffano–. ¿Has fijado el precio ya?

–No, esto va a llevar tiempo.

–Es una mujer difícil, ¿eh?

–Digamos que no es lo que me había esperado.

–¿Qué significa eso?

–Significa que me ha pillado desprevenido –respondió Salvatore apretando los dientes.

–¡Que Dios la ayude!

–Que me ayude a mí, mejor –admitió, muy a su pesar–. Esta mujer es muy astuta y he cometido el error de subestimarla –añadió pensativo–. Pero eso no volveré a hacerlo.

Sola, Helena comenzó a explorar la habitación que al fondo se convertía en una galería de arte. Muchos de los cuadros eran de la familia Cellini, tal y como decían las placas que había debajo, pero las últimas eran de los Veretti, creadores de fortuna de rostros adustos que vivieron en el siglo XIX.

Las más recientes no eran pinturas, sino fotografías, y una de ellas la hizo detenerse y mirarla con cariño.

Allí estaba Antonio, veinte años antes de que se conocieran, antes de que su pelo negro se hubiera vuelto cano y se le hubiera empezado a caer. Sin embargo, había conservado sus rasgos apuestos con los años y viéndolo en la foto podía recordar al Antonio que había conocido.

Al ir a buscarla, Salvatore la encontró delante de la fotografía, tan perdida en ella que ni siquiera lo oyó. Desde ese ángulo podía ver el cariño con que la estaba mirando, la ternura de su sonrisa. La vio llevarse los dedos a los labios y lanzarle un beso y en ese momento Helena pareció darse cuenta de su presencia.

–Mírale los ojos –dijo señalando la fotografía–. Era un verdadero truhán, ¿verdad?

–Lo fue en su juventud. ¿Y cuando lo conociste?

–Bueno... –dijo mientras pensaba en la fragilidad de Antonio y en su encantadora actitud que tanto la hacía reír. Sonrió al recordar esos maravillosos momentos.

Salvatore, que la miraba fijamente, vio lo que se había esperado. Ella había seducido a Antonio y lo había agotado hasta que encontró su inevitable final. No podía olvidar que esa mujer era una seductora experimentada, y la sonrisa que estaba viendo en ella se lo decía todo.

Helena siguió avanzando por la galería y él se la quedó mirando, se fijó en esa sugerente forma de caminar, en ese contoneo de su cuerpo que podía llevar a un hombre a la distracción.

O a la muerte, incluso.

Se situó junto a ella, que se había detenido frente a una fotografía de boda.

–Mis padres.

Fue la novia la que despertó la atención de Helena; joven, hermosa, rebosante de felicidad y amor y sin poder apartar la mirada de su esposo. No había duda de que el hombre era el padre de Salvatore, aunque había algo que no encajaba. Sus rasgos eran similares, pero a él le faltaba la intensidad de su hijo, esa intensidad que siempre haría que Salvatore destacara en el mundo.

Al lado había más fotografías de la familia.

–Ahí está Antonio –dijo Helena–. ¿Quién es la mujer que está sentada a su lado?

–Es mi madre.

–¿Qué? ¿Pero si...?

Impactada, siguió mirando la foto sin poder creer que esa mujer de mediana edad fuera la esplendorosa novia de la fotografía anterior. Estaba demasiado delgada y se la veía tensa. Estaba detrás de un joven Salvatore, al que agarraba posesivamente por el hombro como si él fuera lo único que tuviera.

Miró a las dos fotos, horrorizada.

–¿Cómo sucedió? ¡Está tan cambiada!

–La gente cambia con el paso del tiempo.

–Pero no podían haber pasado tantos años desde la boda y parece como si hubiera vivido una espantosa tragedia.

–Mi madre se tomaba sus responsabilidades muy en serio, no sólo en casa, sino en las muchas causas benéficas que apoyaba.

Pero Helena no quedó convencida con la respuesta; tenía que ser algo más que el paso de los años, aunque sabía que no tenía derecho a seguir preguntando. Le echo un último vistazo a la imagen.

–Pobre mujer –suspiró–. ¡Parece tan triste!

–Sí –dijo él en voz baja–. Lo era. ¿Seguimos?

Fue casi una sorpresa descubrir que aún tenían comida en la mesa. Tenía la sensación de que había pasado mucho tiempo y es que, en realidad, habían sucedido muchas cosas. Se habían enfrentado el uno al otro guiados por la desconfianza y la aversión, pero la atracción física que había surgido entre los dos era innegable. Inesperada y no deseada, pero innegable, y los había atrapado a ambos.

Helena se obligó a no pensar en ello porque estaba viendo que sus sentidos estaban recobrando la vida que habían perdido hacía años. Se mantuvo fría y así se sentó lanzándole a Salvatore una sonrisa que bien podría haber sido un misil.

–Ahora voy a terminarme esta tarta. Es deliciosa.

–¿Quieres un café?

–¡Me encantaría!

Los dos ya se habían situado de nuevo detrás de sus barricadas, estaban alertas, armados, preparados para cualquier cosa.

–Bueno, entonces, ¿vas a hacerme esperar para la fábrica?

–Eso por lo menos, aunque lo más probable es que nunca la consigas.

–¿No estarás pensando en serio en quedártela? –le preguntó con un tono de incredulidad que la irritó.

–¿No es eso lo que he estado diciendo todo el tiempo? ¿O es que no me has escuchado?

–No me lo he tomado en serio. Estabas enfadada conmigo, tal vez con razón, pero ya te has divertido y ahora ha llegado el momento de ser realistas.

–Tienes razón, así que escúchame. No tengo la intención de vender. ¿Por qué iba a hacerlo?

–Porque no sabes nada sobre el negocio –respondió

él exasperado–. Ninguna mujer conoce el negocio de verdad.

–No puedo creer lo que he oído. Ya estamos en el siglo XXI.

–Si estás pensando en dirigir la fábrica, adelante. Pero en poco tiempo te verás arruinada y caerás en mis manos.

–Está claro que no voy a dirigirla yo. Antonio me dijo que el supervisor es excelente. Y no cuentes con que vas a obligarme a vender porque no puedes hacerlo.

–Creo que acabarás viendo que sí puedo. Tengo unos cuantos ases en la manga.

–Seguro que sí, pero yo también tengo algunos.

Salvatore sonrió y alzó su copa.

–Por nuestro enfrentamiento. Esperemos que los dos lo disfrutemos por igual.

–Oh, yo tengo intención de hacerlo –dijo Helena mientras brindaba con él.

Él comenzó a reírse, sorprendiéndola con un tono que resultó verdaderamente cálido, incluso encantador. Sin embargo, Helena se apresuró a decirse que eso no sería más que otro de sus trucos.

–Esta noche hemos hecho un largo y tortuoso viaje. ¿Cuándo dos personas han aprendido tanto el uno del otro en tan poco tiempo y, a la vez, siguen sin saber nada?

–Nada –repitió ella–. Es verdad, pero no seremos tan tontos como para olvidarlo, ¿verdad?

–No, si es posible, aunque el peligro de las ilusiones es que parecen muy reales, sobre todo las mejores, las más deseables.

Ella asintió.

–Después conspiramos contra nosotros mismos al creer lo que deseamos creer, al convencernos de que la ilusión es la realidad y que la realidad es la ilusión. ¿Y cómo lo podemos saber?

–Es fácil. Lo sabemos cuando es demasiado tarde.

–Sí –susurró ella–. Eso es verdad.

Salvatore estaba a punto de responder, pero algo que vio en ella le dejó en silencio. Ella estaba mirando a lo lejos y él tuvo la sensación de que ni siquiera lo veía, que ni sabía que estaba ahí.

–¿Qué sucede? Dime algo, Helena.

Pero siguió callada, perdida en un mundo en el que él no podía entrar.

Capítulo 4

HELENA estaba en otro lugar inmersa en cientos de nuevas impresiones. La más desconcertante era el modo en que Salvatore y ella estaban hablando, como si sus pensamientos tuvieran una instintiva conexión. Era imposible, pero Salvatore sabía lo que estaba pensando y eso sólo le había sucedido con Antonio.

No duraría mucho. Seguían siendo enemigos, aunque por un momento Helena se adentró en un mundo en el que los enemigos se unían en una extraña alianza.

Después la niebla se disipó y salió de ese mundo.

—Es hora de marcharme —dijo ella lentamente—. ¿Puedes llamar a tu gondolero?

—Si quieres, sí, pero preferiría acompañarte al hotel.

—Está bien. Gracias.

Salvatore agarró su chal y se lo echó delicadamente sobre los hombros. Ella se preparó para sentir sus dedos contra su piel, pero eso no sucedió. Deliberadamente o no, él le echó la seda por encima sin tocarla.

Salieron del palacio por una puerta lateral que conducía directamente a un diminuto callejón.

—¿Dónde estamos? Estoy perdida.

—No estamos lejos del hotel. Antes has venido recorriendo la larga curva del canal, pero por aquí atajaremos. ¿No te contó Antonio cómo engañan las distancias en Venecia?

Él le había puesto una mano sobre el hombro para

guiarla por la oscuridad y, mientras, ella se sentía segura.

–No me lo contó todo.

–Me alegro. Me alegro mucho –y tras un instante, le preguntó–: ¿Qué te contó de mí?

–Me dijo que tuviera cuidado –respondió Helena riéndose.

–¿Y lo tendrás?

–Siempre me fié de los consejos de Antonio y siempre resultaron ser buenos.

–¿Te dijo que eres lo suficientemente fuerte como para desafiarme o eso lo has descubierto tú sola?

–Lo supe desde el primer momento.

Salvatore la giró hacia él y miró su rostro, iluminado por la luz de la luna. Su cara estaba cubierta de sombras, pero aun así Helena pudo verle los ojos y leer lo que estaban diciendo.

–Porque sabías que tus armas eran mejores –murmuró él–. Y ahora ya estoy dispuesto a admitirlo. Ni siquiera estoy intentando resistirme a ellas porque pueden conmigo.

Helena notó su mano en un lado de su cara y al instante sintió los labios de Salvatore rozar los suyos, alegrándose de que estuviera oscuro porque de pronto todo cambió, el mundo ya era un lugar distinto y nada era lo que había sido.

La boca de Salvatore se movía con delicadeza, lentamente, como si tuviera todo el tiempo del mundo y mientras, ella, contenía el aliento, petrificada por lo que estaba sucediendo en su interior. Había imaginado que sucedería, se había creído preparada para enfrentarse a ello, pero nada podría haberla preparado para el modo en que su ser estaba recobrando la vida.

Fue como si no hubiera tenido vida antes, como si el mundo hubiera comenzado en ese preciso momento y fuera maravilloso, lleno de luz y de fuego. Y quería explorarlo más, quería ver qué intensidad alcanzaría el fuego y cómo de cegadora podía llegar a ser esa luz.

Llevó las manos hacia los hombros de Salvatore, tal vez con la intención de apartarlo, aunque lo que hizo en realidad fue aferrarse a él.

Los años de abstinencia le habían enseñado a verse como una mujer fría, cuyo fuego había muerto para siempre.

Hasta ese momento y con ese hombre en particular, el último por el que debería haberse sentido atraída. Eran combatientes, enemigos, pero en sus brazos estaba descubriendo que la enemistad podía resultar excitante.

De modo que lo llevó hacia ella, lo besó en busca de más de ese placer que había surgido de la nada. Y él, al ver su reacción, comenzó a acariciarla, discretamente al principio, y seductoramente después.

Ahora Helena lo deseaba, lo deseaba todo de él. Debía llevarlo a su cama, tenderse desnuda a su lado, ofrecerse a él y sentirlo en su interior.

El instinto le decía que Salvatore podía mostrarle nuevos mundos, llevarla hasta las estrellas y darle la satisfacción que le había sido negada durante tanto tiempo. La mujer que llevaba dentro pedía que la llevara hasta ese lugar, estaba dispuesta a cualquier cosa, a ofrecerle cualquier cosa.

«¡Ofrecerle cualquier cosa!».

Las palabras parecieron gritarle, como demonios riéndose a carcajadas de su inocencia. Con qué facilidad la había arrastrado y ella, que se había enorgullecido de estar preparada, había sucumbido sin protestar. ¡Cuánto tenía que estar disfrutando Salvatore!

Se acabó. El deseo quedó extinguido al instante y convirtió su cuerpo en hielo. Una parte de ella quería gritar, pero la otra parte sabía que así estaba más segura.

Seguridad. Eso era lo que importaba. Lo único que importaba.

Oyó pasos a lo lejos.

–Alguien viene –dijo Salvatore apartándose–. No queremos que nos vean así.

En un momento ya habían llegado a la Plaza de San Marcos, no muy lejos del hotel. Mientras caminaban, ella iba planeando qué decir cuando llegaran allí y cómo iba a disfrutar borrándole esa sonrisa de la cara.

Entraron en el hotel. Le dejaría acompañarla hasta el ascensor, le estrecharía la mano y se despediría de él con frialdad. Sin embargo, a pocos metros del ascensor, él dijo:

–Buenas noches, *signora*, y gracias por una noche encantadora.

–¿Qué has dicho?

–He dicho buenas noches. Creo que los dos sabemos que no es el momento.

–¿Qué quieres decir con eso?

Salvatore le respondió en voz baja.

–Quiero decir que cuando esté listo para hacerte el amor, no entraré en tu habitación dejando que todo el mundo me vea.

–¡Cuando tú...! ¿Cómo te atreves? ¡Cerdo arrogante! Te estás engañando a ti mismo si crees que te deseo.

–Yo no me estoy engañando, pero tal vez tú sí. La decisión ya ha sido tomada, es sólo cuestión de tiempo. Eso ha estado claro desde el primer momento.

–No sé...

–No finjas –la interrumpió bruscamente–. Sabes tan bien como yo lo que hay. Decidiste seducirme en el mismo momento en que te convertiste en mi enemiga, como una forma de demostrar tu poder. Y me parece bien porque yo decidí lo mismo y cuando llegue el momento estaremos igualados en poder. Hasta puede que te deje ver lo mucho que te deseo, pero seré yo quien elija cuándo y dónde. ¿Está claro?

–Debes de haber perdido la cabeza –le dijo Helena furiosa.

–No, pero he mirado dentro de la tuya y la encuentro fascinante. No nos apresuremos. Podemos pelear y pelear y complacernos el uno al otro a la vez. Estoy deseándolo.

–Bueno, pues yo no.

Entró en el ascensor corriendo e intentó cerrar, pero él se apresuró a entrar con ella y pulsó el botón que cerró las puertas.

–Estás mintiendo, Helena –dijo–. O tal vez te estás engañando. Sea lo que sea, disfrutaremos descubriéndolo.

–No, no lo haremos. Y ahora ten la amabilidad de ¡salir de aquí!

Él no se movió, se quedó mirándola fijamente con un dedo sobre el botón.

–Volveremos a vernos pronto –murmuró.

Sin darle tiempo para responder, Salvatore soltó el botón y salió del ascensor. Furiosa, ella subió al tercer piso y una vez en su habitación, cerró de un portazo.

En ese momento podría haberlo matado. Salvatore la había excitado deliberadamente y, cuando casi la había vuelto loca, le había mostrado que era él, y no ella, el que estaba al mando de la situación.

Y el hecho de que ella hubiera intentado hacerle lo mismo a él lo hacía peor, mucho peor. Pero lo más grave era que su excitación había vuelto después de que él la rechazara y estaba atormentándola de nuevo.

Después de quitarse la ropa, se metió en la ducha y abrió el grifo del agua fría.

–¡No! ¡No va a suceder! ¡No lo permitiré!

No podía permitirlo, pero ya estaba sucediendo y jamás lo perdonaría por ello.

Pero entonces recordó cómo había temblado contra ella. Salvatore también había caído en su propia trampa. La batalla estaba igualada y lo mejor estaba aún por llegar.

–Emilio Ganzi es un buen administrador y encargado –había dicho Antonio–. Ha llevado la fábrica desde hace años y, si no sabe algo, es porque eso es algo que no vale la pena saber.

Helena lo creyó cuando lo vio dirigirse a la lancha motora para ayudarla a bajar. Tendría poco más de sesenta años, el pelo blanco y un rostro jovial.

–Todo está preparado para usted –dijo–. Nos alegramos mucho de que la esposa de Antonio vaya a quedarse con nosotros y haremos todo lo que podamos por ayudarla.

Los empleados se habían reunido para ver a la nueva propietaria. Algunos la reconocieron de su anterior visita.

–No pude resistirme a echar un vistazo ese día –les dijo–. Me pareció tan fascinante que decidí que no quería venderla. Quise quedarme aquí y ser parte de Larezzo.

Sólo por decir eso, Helena ya les gustó. Y les gustó todavía más cuando descubrieron que hablaba veneciano. Pero lo que de verdad la hizo popular fue el corazón de cristal rojo que llevaba colgado al cuello y el hecho de que Antonio se lo hubiera regalado.

Él era recordado como un hombre que había disfrutado de una vida desenfrenada: mucha comida, mucha bebida y mucho amor. En otras palabras, un auténtico veneciano. Algunas de las mujeres de mediana edad que había allí suspiraron, con los ojos empañados en lágrimas, al recordarlo.

Entonces una de las más jóvenes señaló a Helena y gritó:

–¡Helena de Troya! –¡qué propio de Antonio terminar sus días casado con una bella modelo! Y saberlo hizo que Helena les gustara todavía más.

Emilio le dio una vuelta por allí para enseñárselo todo y, cuando terminaron, estaba más convencida que al principio. Adoraba ese lugar y a esa gente, e iba a defenderlos de Salvatore con su último aliento... o, mejor dicho, con su último euro.

Algo que se hizo más evidente cuando vio los libros de cuentas. Antonio la había avisado de que la fábrica tenía un préstamo que habían pedido cinco años antes y que había sido renegociado en dos ocasiones.

–El problema es –dijo Emilio cuando estaban solos– que pagamos unos sueldos demasiado altos porque Antonio tenía un corazón muy generoso. La gente llega a la edad de jubilación y no quiere marcharse porque somos como una familia. Y él siempre deja que se queden.

–Entonces se quedarán –dijo Helena firmemente–. Tendremos que encontrar otro modo de aumentar nuestros beneficios.

Emilio sonrió y fue a comunicarle a «la familia» que todo iría bien.

Y entonces cayó la bomba.

La carta del banco era educada, pero rotunda. En vista del «cambio de circunstancias», el préstamo debía ser pagado de inmediato.

–Me temo que eso pueden hacerlo –suspiró Emilio–. La letra pequeña dice algo sobre que un cambio de circunstancias les da el derecho a invalidar el acuerdo.

–Eso ya lo veremos –dijo Helena furiosa.

Como siempre, había elegido su ropa con cuidado para resultar lo menos sexy posible. Fue difícil, pero hizo todo lo que pudo con un abrigo y un vestido negros. El peluquero del hotel casi lloró cuando le pidió que le recogiera el pelo con el estilo más sobrio y sencillo que pudiera, pero obedeció a regañadientes.

–Ahora parezco una institutriz de la época victoriana –dijo satisfecha–. Excelente.

Diez minutos antes de la hora prevista, llegó a su cita con el director del banco.

–¿Entiendo, *signora*, que su difunto marido no la informó de la situación financiera?

–Sabía lo del préstamo, pero Antonio dijo que todas las cuotas se habían ido pagando a su debido tiempo...

Y era cierto.

–¿Cuánto tiempo tengo?

–Necesitaría saber algo en un par de semanas; o bien que ha reunido el dinero o que ha negociado la venta de la fábrica.

Helena estaba empezando a sospechar.

–Gracias –dijo levantándose para marcharse–. Estaremos en contacto.

Volvió al hotel paseando, inmersa en sus pensamientos. Si no podía reunir el dinero, podía venderle la fábrica a Salvatore.

«¿Me estoy volviendo loca?», se preguntó. «¿Por qué iba a tener él algo que ver con esto? ¿Puede decirle a un banco lo que hacer? Seguro que no».

Pero tampoco era una idea tan descabellada.

–¿Qué harás? –le preguntó Emilio cuando ella le contó la entrevista con el director.

–No lo sé. Podría ceder y venderle la fábrica a Salvatore. Tal vez eso es lo que todos preferiríais.

–Pero ya eres una de nosotros. Creíamos que ibas a quedarte.

«Una de nosotros». Eran una familia y la habían invitado a entrar en ella. No podía decepcionarlos... y no podía perder la oportunidad de enfurecer a Salvatore.

Hizo unas llamadas al director de su banco de Londres y le enviaron unos informes detallados con el estado de sus cuentas. Estaba reflexionando sobre ello en el vestíbulo del hotel una mañana cuando una voz le preguntó:

–No te importa que me siente, ¿verdad?

Al alzar la vista, Helena vio a una mujer de unos cuarenta años, elegantemente vestida y con una atractiva mirada. Se presentó como la condesa Pallone.

–Pero puedes llamarme Clara. Estaba deseando conocer a la mujer de la que toda Venecia habla.

–¿De verdad? Pero si sólo llevo aquí cinco minutos.

–Pero todo el mundo sabe quién eres.

–La viuda de Antonio.

–Y la mujer que está enfrentándose a Salvatore. Créeme, no hay muchos que puedan hacerlo. Él es un hombre poderoso y le gusta que todo el mundo lo sepa. Todos estamos ansiosos por ver lo que pasa.

–Pues me alegra estar dándoos entretenimiento –dijo Helena riéndose.

Pidieron café y se sentaron a charlar. Clara tenía un carácter alegre y una mente astuta y a Helena eso le gustó.

–He de admitir que tenía un motivo oculto para hablar contigo.

–¡Claro! ¿Qué puedo hacer por ti?

–Dirijo una organización benéfica que apoya la labor de un hospital infantil y mañana por la noche vamos a celebrar en este hotel un evento para reunir fondos. Sería maravilloso que pudiera asistir y tal vez donar una pieza de cristal de Larezzo.

–Me encantaría. Ahora mismo iba a ir a la fábrica. Buscaré la pieza más bonita que haya.

Una hora después se subió a un barco en dirección a Murano y eligió un gran caballo hecho de cristal.

–Es la pieza más cara que hacemos –le dijo Emilio–. No queremos que Perroni la supere.

–¿Entonces Perroni también hace una donación?

–Todos los años. El *signor* Veretti siempre ofrece la mejor pieza que tiene. Dona mucho dinero a la caridad.

–Seguro que estará allí y Clara debía de saberlo cuando me ha invitado. Bueno, parece que habrá más de un campo de batalla.

–¿Cómo dices? –preguntó Emilio.

–Nada. Por favor, haz que lo envuelvan y me lo llevaré cuando regrese al hotel.

Al día siguiente le entregó el caballo a Clara pidiéndole que lo catalogaran como regalo de Antonio.

Había dicho que se lo tomaría como una batalla y, así, estudió su armario como un general eligiendo el uniforma apropiado. Se decidió por el blanco: seda pura, cuello alto, mangas largas y bajo hasta el suelo. En resumen, lo contrario de lo que se habría esperado Salvatore. Unos diminutos diamantes en sus orejas completaban su atuendo.

La recepción tuvo lugar en el enorme vestíbulo del Hotel Illyria. Clara envió a su hijo a acompañar a Helena; era un veinteañero extremadamente guapo y juntos hicieron una espléndida entrada. La condesa la presentó ante todo el mundo y Helena sonrió mientras discretamente buscaba a Salvatore con la mirada.

Y entonces lo vio, elegante y con pajarita negra. Con ese cuerpo alto, atlético y natural al mismo tiempo y su hermoso rostro resultaba el hombre más impresionante de la sala. Estaba claro que se sentía como un león entre chacales.

Y precisamente el león alado era el símbolo de Venecia y sus imágenes estaban por todas partes de la ciudad anunciando que ese lugar estaba bajo su protección, bajo sus órdenes.

Salvatore la vio y fue hacia ella.

–Me alegra que estés aquí. Clara me ha enseñado tu obsequio y quería darte las gracias por haberlo hecho en nombre de Antonio.

–No podía hacerlo de otro modo. Después de todo, era mi marido, aunque tú no lo veas así...

–Por favor, ¿no podemos dejar eso de lado por esta noche? Déjame decirte que estás preciosa.

La última vez que se habían visto, él la había excitado para después rechazarla con tanta firmeza que había sido casi un insulto para ella y ahora estaba comportándose como si nada de eso hubiera pasado.

–Sabes que nos están observando, ¿verdad? –continuó susurrándole al oído–. Toda Venecia lo sabe.

–¿Y qué sabe exactamente? O mejor aún, ¿qué creen que saben?

Salvatore sonrió.

–Muy aguda. Apuesto a que podrías hacerles creer lo que quisieras. Es un arte que tendrías que enseñarme.

–Oh, me parece que tú ya te sabes algunos trucos y yo siempre estoy dispuesta a aprender.

–No estás siendo justa. Si dijera que creo que te conoces todos los trucos, te lo tomarías como un insulto.

–Claro que sí. Y lo curioso es que, si yo te lo dijera a ti, te lo tomarías como un cumplido por mucho que yo intentara que sonara como un insulto.

–Y lo intentarías con ganas.

–Sin duda.

Se rieron y todas las cabezas se volvieron hacia ellos.

–Clara me ha dicho que siempre donas una de tus mejores piezas. Estoy deseando verla.

–Deja que te la enseñe.

–Es precioso –dijo con sinceridad al ver el gran águila de cristal y plata.

–Ocupará el primer lugar de la nueva colección que presentaremos en breve. Estoy ansioso por ver vuestros diseños.

La nueva colección Larezzo aún no estaba acabada, pero eso no se lo diría.

El caballo se veía muy simple al lado del espectacular águila, y Salvatore debió de verlo en la cara de Helena porque le dijo:

–Seguro que tu caballo es la donación que más dinero recauda.

–Es muy amable por tu parte, pero no lo creo.

–Apuesto a que sí. ¡Franco!

Un hombre regordete se giró al oírlo y sonrió. Después de que Salvatore los presentara, dijo:

–A Franco no hay nada que le guste más que hacer apuestas. Pues aquí va una: apuesto a que por la pieza de Larezzo de Helena se pagará más dinero que por mi águila.

–Di una cantidad –dijo Franco entusiasmado.

–Diez mil euros.

Helena y el hombre se miraron.

–Confío en mis instintos –añadió–. El caballo es una pieza hermosa, como todo el cristal Larezzo. ¿Qué me dices, Franco?

–¡Hecho! –dijo el hombre, que sacó una libreta y comenzó a anotar apuestas a medida que más gente se iba arremolinando a su alrededor.

–¿Qué estás haciendo? –le murmuró Helena a Salvatore–. Podrías acabar pagando una fortuna y entonces... ¿cómo ibas a comprarme la fábrica?

–Pero como no vas a vendérmela, no importa.

–Supongo que no.

–Además, si pierdo, seguro que ya no podré comprarte nada y te sentirás más segura.

Ni en un millón de años se sentiría segura al lado de ese hombre, pero se limitó a sonreír.

–Te prometo que ya me siento muy segura. Lo único que me preocupa eres tú.

–Qué amable eres al preocuparte por mí, pero por favor no lo hagas. Te aseguro que me he protegido bien.

–Te creo. Otra cosa no me la creería, pero si me dices que estás tramando algo, te creo.

–¿Es que no estás tramando algo tú?

–Eso espero.

Franco había terminado de anotar las apuestas de la gente.

–Entiendo que ninguno de los dos va a pujar por vuestros propios artículos.

–Hecho –dijo Salvatore.

–Hecho –añadió Helena.

En ese momento la orquesta dio comienzo al baile que se celebraría antes de la subasta.

–Baila conmigo –dijo Salvatore llevándola a sus brazos.

Capítulo 5

HELENA sabía que no era muy sensato bailar con él, pero no le había dado opción a negarse. Le había puesto la mano en la cintura y la había llevado contra su cuerpo, de manera que podía sentir sus piernas rozándose con las suyas a través de la delicada seda del vestido. Durante unos instantes fueron dos bailarines excelentes danzando en perfecta armonía, y cuando la música terminó, él le tomó la mano y se la besó galantemente.

–Ha sido un verdadero placer.

Un hombre se acercó y, tras presentarse, expresó su deseo de bailar con ella. Salvatore se retiró.

Su siguiente pareja fue un joven atractivo pero después de haber bailado con Salvatore era como beber agua del grifo después de haber tomado champán. Cuando terminó la canción, Helena le dio las gracias con amabilidad y rechazó las peticiones de baile que siguieron.

Cuando llegó el momento de la subasta, Clara dio un discurso sobre el hospital para el que querían recaudar fondos y terminó diciendo:

–Finalmente os presentaré a nuestras dos estrellas de la noche, el *signor* Salvatore Veretti, propietario de Perroni, y la *signora* Helena Veretti, propietaria de Larezzo. Por lo general, estas dos fábricas de cristal son enormes rivales...

Aplausos y vítores dirigidos a la pareja de rivales interrumpieron a Clara.

–Imagina lo que están pensando –murmuró Salvatore.

–Sea lo que sea, se alejará mucho de la verdad –respondió ella.

–Pero esta noche –continuó Clara–, en apoyo a nuestra causa benéfica, han dejado de lado la rivalidad... o casi de lado ya que, como podéis ver, han competido para ver quién donaba el obsequio más generoso –dijo, entre más aplausos, señalando a las dos figuras de cristal.

La subasta comenzó y todas las piezas fueron vendiéndose muy por encima de su valor hasta que por fin sólo quedaron las dos figuras de cristal, iluminadas por unos focos.

–Y ahora el momento que todos estábamos esperando –anunció Clara–. ¿Por cuál pujamos primero?

–Por el mío –dijo Salvatore–. Dejemos que mi rival vea el precio que alcanza mi águila y que tiemble.

Helena se rió con el comentario, aunque en realidad la hizo sentir incómoda. La magnífica águila superaba al caballo y todo el mundo lo sabía.

Una parte de ella le decía que había caído en una trampa y que Salvatore se burlaría de ella, pero la otra parte se negaba a creerlo. Su instinto le decía que ese hombre era cruel, pero que no era tan mezquino.

–Confía en mí –le dijo Salvatore al verla mirándolo, como si le hubiera leído el pensamiento.

Cuando se vendió el águila por cuarenta mil euros, llegó el momento del caballo de cristal y en el momento en que el precio se detuvo en treinta y cinco mil, una voz masculina gritó:

–Cincuenta mil euros.

Era Salvatore el que había hecho la puja.

–Cincuenta y cinco –dijo otra voz.

–Sesenta –gritó Salvatore.

–Eh, espera –dijo Franco–. Habíamos acordado que no haríais esto.

–No, el trato era que no pujaríamos por nuestras piezas –le recordó Salvatore–. No hay nada que me impida pujar en contra de mí mismo.

–Pero eso no puedes hacerlo.

–Sí que puede –dijo Helena entre risas–. Puede hacer lo que quiera.

–Me alegra que te hayas dado cuenta de eso –le dijo Salvatore en voz baja.

–Setenta –gritó una voz.

–Ochenta –respondió él.

–Noventa.

–¡Cien!

–A la una, a las dos, vendido... por cien mil euros.

La gente estalló en aplausos, pero Helena se sintió incómoda.

–Esto ya no me parece divertido.

–Has ganado. Deberías estar encantada.

–¿Y qué me dices de toda esa gente que ha apostado contigo? Parecen muy contrariados, pero no se les puede culpar. ¿Por qué iban a pagarte cuando has empleado una táctica muy dudosa?

–Eso confirma la opinión que tienes de mí y deberías estar satisfecha.

–Salvatore, has hecho trampa. No puedes quedarte con su dinero.

–Acabas de decir que puedo hacer lo que quiera.

–En ese momento era una broma, ahora no lo es.

–Helena, todas las personas que han apostado son extremadamente ricas. Para ellos pagar no supondrá nada.

–Pero ésa no es la cuestión. Por favor, Salvatore, no les obligues a pagarte.

Él se la quedó mirando con una expresión que ella no pudo interpretar y después le dijo, lentamente:

–Me han desafiado y, si no se molestan en revisar las reglas al principio, ése es su problema. Lucho para ganar y, si es necesario, lo hago de una manera sucia. Creía que ya lo sabías.

Helena dio un paso atrás, consternada. Hasta ese momento la noche había sido agradable, pero ahora estaba viendo lo ingenua que había sido al pensar que él tenía otra cara más amable.

–Bastardo –murmuró–. Eres un despiadado...

–Ahórratelo. No tengo tiempo de escucharte.

Para horror de Helena, Salvatore fue hacia la mesa y alzó las manos para pedir silencio.

–Algunos os sentís muy ofendidos por el modo en que he ganado vuestras apuestas. Estaréis preguntándoos si voy a decir que ha sido una broma y que no tenéis que pagar, pero deberíais conocerme mejor. Comenzad a escribir –se detuvo un segundo antes de añadir con una sonrisa–: Que todos los cheques vayan destinados al fondo benéfico.

Hubo silencio y después una ovación cuando se dieron cuenta de cómo los había engañado. Clara lo abrazó enormemente agradecida. Se vio a la gente escribir rápidamente y entregar los cheques de diez mil euros, al igual que Salvatore sacó su chequera y le dio a Clara su cheque de cien mil.

Después miró directamente a Helena con una expresión que decía: «¡Te he engañado!».

Ella lo perdonó al instante. Se sintió tan aliviada que le habría perdonado cualquier cosa.

–Vamos a alguna parte donde no haga tanto calor –le dijo Salvatore llevándola de la mano.

Salieron a la terraza y le indicó que se sentara.

–Deberías estar avergonzada por lo que has pensado de mí –le reprobó él.

–Deberías estar avergonzado por haberme hecho

pensar eso. Pero lo que has hecho ha sido estafarlos, en cierto modo.

–Claro que los he estafado. Algunos habían venido sólo a que los fotografiaran al lado de una condesa y a dar la imagen de personas caritativas cuando en realidad habían donado lo menos posible para el hospital. Por eso los he engañado, para que dieran más de lo que querían. ¿He hecho mal?

–Claro que no. Ha sido maravilloso.

–Aunque debo admitir que yo he salido ganando algo –dijo riéndose.

–¿Qué has ganado?

–Ver tu cara, sobre todo después de darte cuenta de que no soy un monstruo.

Juntos se rieron y después quedaron en silencio hasta que él añadió:

–Me pregunto si puedes imaginarte cuánto me alegro de haberte visto esta noche. Quería tanto volver a hablar contigo.

–Sí, yo también he estado pensando que estaría bien hablar un poco más –respondió ella sonriendo.

–Dime qué tal te va todo en la fábrica. ¿Hay algo que pueda hacer por ti?

–Perdóname, estoy algo confusa. ¿Es éste el mismo hombre que me amenazó con dejarme en bancarrota para poder comprarme al precio que él quisiera?

–Me gustaría que lo olvidaras. Dije muchas cosas que no pensaba. Tenías razón, no estoy acostumbrado a que me desafíen y no reaccioné muy bien. Lo cierto es que te admiro por tener tantas agallas. Y además, me lo merezco porque a veces hablo demasiado.

–Es agradable oír que lo reconoces.

–¿Te está gustando Venecia?

–Me encanta, al menos lo poco que he visto. Todo el mundo es muy simpático conmigo y la fábrica me parece fascinante. Estoy aprendiendo deprisa e incluso estoy desarrollando mis propias ideas, aunque claro, soy una principiante. Te reirías mucho.

–No, no me reiría. Somos colegas de profesión. Mira, hemos tenido nuestras diferencias, pero lo hecho, hecho está. Lo que importa es el futuro y, si hay algo que pueda hacer por ti, por favor, dímelo. Quiero ver triunfar la fábrica de Antonio, incluso aunque no sea mía.

Y en ese momento Helena creyó que le estaba ofreciendo su amistad verdaderamente.

–Bueno, hay algo que podrías explicarme –le dijo–. ¿Qué pasa cuando el cristal...?

Salvatore asintió y durante la siguiente hora hablaron de las técnicas de fabricación del cristal.

–Buenas noches, Helena –le dijo él cuando llegó el momento de la despedida–. Y recuerda, siempre que me necesites, aquí estaré.

–Gracias, Salvatore. No puedes imaginar cuánto significa eso para mí.

Él le besó la mano y se marchó.

Helena fue lentamente hacia su dormitorio y comenzó a pensar en las impresiones que la habían asaltado durante la noche. Se había preguntado si Salvatore estaría detrás del reclamo del banco, si intentaba presionarla, y después de esa noche, no tenía la más mínima duda de que la respuesta era «sí».

Cuando le anunciaron la llegada de Helena, Salvatore alzó la cabeza encantado.

–Helena, pasa. Esperaba que llamaras.

No habían tenido contacto en dos días. Ahora ella se había presentado en su despacho del *palazzo* Veretti, deslumbrante y preciosa, y él se levantó para saludarla.

La sonrisa de Salvatore no la engañó, y tampoco el modo en que la acompañó a un sillón y se mostró tan solícito. Estaba esperando su capitulación.

–Pues aquí estoy, te traigo noticias. Últimamente he estado preocupada. El banco llamó porque quería que se pagara el crédito en dos semanas, pero ¿qué se puede hacer en dos semanas?

–No mucho, imagino.

–Parecía que venderte la fábrica era mi única opción, así que he estado en el banco y he pensando que debería venir a verte inmediatamente.

–Te lo agradezco. ¿Te lo ha hecho pasar mal el director del banco?

–No, ha sido agradable, pero me ha dado muchos papeles para firmar y no entendía ni la mitad de ellos. Aunque ya no importa, ya está hecho y ¡estoy libre, libre!

–Bueno, lo estarás cuando hayamos finalizado la venta. No te preocupes, te daré un buen precio. No quiero que te preocupes por el dinero.

–Oh, Salvatore, qué amable eres al preocuparte por mí, pero no es necesario. He pagado el préstamo, hasta el último céntimo. ¿No te parece maravilloso? –se atrevió a añadir.

–¿Es éste el chiste del día? –preguntó él ladeando la cabeza.

–Yo nunca bromeo con el dinero, al igual que tú, supongo. Toma, esto te convencerá.

Sacó los papeles firmados que demostraban que Larezzo había quedado oficialmente libre de la deuda.

Lo primero que pensó Salvatore fue que eran documentos falsificados, pero entonces vio la firma de Valerio Donati, el director del banco, una firma que conocía muy bien. Todo estaba en orden. Se había saldado la deuda.

Se quedó pálido y discretamente intentó hacer acopio de todas sus reservas de control. Ella estaba sonriendo con inocencia, pero a él no le engañaba. Había ido allí a alardear de su triunfo y a hacerle creer que él había ganado en un principio. Estaba furioso, pero se contuvo.

–Muy lista. Te he subestimado.

–¡Así que lo admites!

–Pero es algo temporal. Acabarás vendiendo.

–¿Ah, sí?

–¿Estás diciéndome que Antonio te dejó suficiente dinero como para cubrir esto?

–No, es más, en los últimos meses sus fondos disminuyeron.

–Entonces debes de haberte metido en un enorme préstamo.

–¿En serio? Tal vez no deberías sacar conclusiones tan rápidamente.

–Creo que no me equivoco.

–Salvatore, tienes un problema y es que no puedes creer lo que no te conviene. Debilita tu posición porque eso significa que tu enemigo va por delante de ti.

–¿Y el enemigo eres tú?

–Si quieres verlo así, sí.

Helena se rió y por un momento a él lo invadió una sensación de placer tan intensa que casi borró todo lo que tenía en la mente. Pero se resistió, no era momento para las emociones.

–Muy bien. Enemigos. Pero me has contrariado y eso no lo permito.

–Oh, vamos, no te lo tomes así. Esta vez he ganado yo y la próxima lo harás tú, pero entonces volveré a ganar yo...

–Y yo ganaré la última vez.

–Tal vez. ¿Nos damos la mano?

A regañadientes, él le estrechó la mano.

–¿Así que estás empeñado en echarme de Venecia?

La fuerza con la que le apretó la mano le dijo a Helena que no quería echarla de allí.

–Tal vez... o puede que te deje quedarte... si me conviene.

–Siempre tiene que ser todo como tú digas, ¿verdad?

Él le levantó la mano y la rozó con sus labios.

–Siempre, pero éste –dijo recorriendo su despacho con la mirada– no es nuestro verdadero campo de batalla. Es el otro el que cuenta y allí... ¿quién sabe quién saldrá victorioso?

Helena se rió.

–Qué pena. ¿Crees que en ése también vas a ganar?

–Tal vez eso dependa de lo que tú llames victoria. Puede que los dos disfrutemos descubriéndolo.

–Es verdad. Te dejo. Necesitarás tiempo para pensar en tu próximo ataque, pero recuerda lo que te he dicho. Ten cuidado con el enemigo... No, enemigo no, oponente...

–Eso es mejor.

Él seguía agarrándole la mano, sonriendo de un modo que la inquietó, con una calidez que le hizo devolverle la sonrisa. «Como una idiota», se reprobó a sí misma.

–Tendrías que estar muy enfadado conmigo, ¿es que no te acuerdas?

–Estoy... estoy muy enfadado.

–Y estás planeando tu venganza.

–No planeándola. Estoy llevándola a cabo.

Y mientras decía esas palabras, la llevó hacia sí y la besó, rodeándola con los brazos, tan fuerte, que ella no tuvo oportunidad de escapar y se quedó inmóvil ante lo que fuera que él quisiera hacer.

Y lo que él quería era acariciarla suavemente para recordarle su «otro campo de batalla».

–¿A eso le llamas venganza? Esto es venganza.

Le devolvió su ataque con un intenso beso. Era una batalla de Titanes.

–Debo irme –susurró ella–. Tengo muchas cosas que hacer.

Fue hacia la puerta, se detuvo y miró atrás.

–Recuerda mi advertencia. Ten cuidado con el oponente que sabe algo que tú no sabes.

Y se fue.

Esa noche Salvatore fue a ver a Valerio Donati. Siempre era bienvenido en la casa del director del banco y estaba impaciente por planear su siguiente movimiento, pero las cosas no salieron como él esperaba.

–Es la última vez que te escucho –le dijo Donati cuando se sentaron a cenar–. Dijiste que no podría afrontar el pago del préstamo, pero lo cierto es que le resultó muy fácil dado quien es.

–¿Y quién es, aparte de la viuda de Antonio?

–¿Estás diciéndome que no sabes que has estado tratando con Helena de Troya?

–Claro que no –dijo la mujer de Donati–. Él no lee las revistas de moda. Dicen que antes de retirarse estaba entre las modelos mejor pagadas del mundo. Debe de valer una fortuna.

Salvatore sonrió, pero por dentro estaba agitado mientras recordaba las palabras de Helena. Ése era el secreto que ella había sabido y él no. Se había burlado de él y había ganado.

No tardó en marcharse de casa del director y, durante el camino de vuelta al palacio, le pareció que Helena estaba a su lado, riéndose por cómo lo había puesto en evidencia.

Al llegar a casa se encerró en su despacho y se conectó a Internet. Escribir las palabras «Helena de Troya» generó una gran cantidad de información sobre cómo había triunfado siendo apenas una niña y cientos de fotografías. En ellas se veía a una joven con una mirada inocente y confiada, pero a medida que iban pasando las imágenes notó que estaba más triste, más envejecida y que ese cambio no había sucedido por el paso del tiempo, sino de manera repentina. Entonces recordó cómo Helena se había fijado en las dos fotografías de su madre y cómo él se había negado a hablar sobre un tema que no podía soportar.

Se levantó y fue de un lado a otro de la habitación intentando sacarse esos recuerdos de la mente. Salió al pasillo y se dirigió al dormitorio que una vez había sido el de su madre. Allí se detuvo.

¿Cuántas veces se había quedado allí para escuchar sus sollozos, deseando reconfortar a esa angustiada mujer aun sabiendo que no podía? Y en un momento de su vida ese dolor que había sentido por su madre se había convertido en una furia que aún seguía con él, años después de su muerte. Y allí estaba otra vez, haciéndole golpear la puerta con su puño.

Finalmente volvió a su despacho y continuó estudiando a su enemiga. Descubrió que no era la mujer de dudosa moral que había pensado que era, sino una mujer de éxito con un cerebro muy astuto que contaba una historia mientras que su apariencia contaba otra.

Era toda una actriz, seductora y sexy un momento y reservada y virginal al siguiente. Vio su rostro en la pantalla, esos labios, esa mirada entrecerrada que daban un mensaje claro: «Ven a mí, tócame, deja que te enseñe lo que puedo hacer por ti».

Pero la siguiente fotografía daba un mensaje igualmente claro: «Mantente alejado. Me pertenezco sólo a mí».

Juntó las dos imágenes y se recostó en su silla mientras intentaba ordenar sus ideas. Ese contraste significaba que ella era un misterio y que le sacaba la delantera, algo que él no podía tolerar.

Helena lo había desafiado en lo personal y en lo profesional, ganando en ambos terrenos. Tenía que distinguir qué le importaba más y se alarmó al descubrir que no lo sabía. En cualquier otro momento no habría dudado que lo primero eran los negocios y que las mujeres quedaban en segundo plano, pero esa mujer no era como las demás.

Sin embargo, le llegaría su momento. Cuando la llevara a la cama y la tuviera desnuda en sus brazos, cuando la oyera gritar con el placer que sólo él podía darle, entonces Helena no sería diferente a cualquier otra mujer.

Y de ahora en adelante Salvatore viviría únicamente para el día en que eso sucediera.

Capítulo 6

AHORA Helena pasaba todo su tiempo en Larezzo, aprendiendo, absorbiendo información, disfrutando como nunca.

Sus empleados la adoraban por su apasionado interés, por proteger la fábrica a toda costa, pero también por el hecho de que no interfería en nada.

–Aún no –les prometió–. Por el momento sólo voy a observaros para aprender y a concentrarme en ganar más dinero para invertir. No habrá más préstamos bancarios.

Todos los empleados se mostraron encantados con esas palabras y más todavía cuando añadió:

–A lo mejor hasta tengo que volver a ejercer como modelo por el bien de nuestro futuro.

A uno de los trabajadores se le oyó decir que debería haber vendido la fábrica a Salvatore, pero la indignación de los demás lo acalló.

–Tal vez deberías despedir a Jacopo –dijo Emilio–. Ya sabes lo que estará haciendo ahora mismo, ¿verdad?

–Contándoselo a Salvatore. ¡Pues vamos a darle algo que contar!

Después de eso, las cosas fueron más deprisa de lo que se había imaginado. Leo, el joven diseñador y su más ferviente admirador, aceptó de mucho grado sus instrucciones pare crear una pieza que se pareciera a la cabeza de Salvatore pero que se asemejara a un diablo, con las cejas puntiagudas y cuernos.

–¿Cuánto se tardará en hacerlo en cristal? –le preguntó.

–Un par de días si trabajo rápido.

–Maravilloso. Creía que os llevaba años producir vuestras creaciones.

–Eso es lo que le digo a Emilio para que me suba el sueldo.

Los dos se rieron.

–Haz esto por mí y te pagaré un dinero extra.

La cabeza de cristal era una obra maestra y tenía una semejanza inconfundible con Salvatore, a pesar de los añadidos.

–¿Vas a enviársela? –le preguntó Emilio.

–Claro que no. Simplemente la dejaré aquí, donde Jacopo pueda verla fácilmente.

No tuvieron que esperar mucho. Unas horas después, se vio a Jacopo entrando en la fábrica de Salvatore y al día siguiente volvió al trabajo con cara de pocos amigos.

–Salvatore lo hizo marcharse con las orejas gachas –supuso Helena.

–No creo –le dijo Emilio.

–Yo creo que sí.

–No olvides que lucha para ganar.

–A menos que sepa que no puede hacerlo –murmuró Helena con un aire de misterio.

Una noche cuando volvía al hotel, el chico de recepción le dijo que habían dejado un paquete para ella. Una vez en su habitación, lo desenvolvió y se sentó a contemplar su belleza.

Era una cabeza, pero no una que pudiera reconocer, no se parecía a nadie en particular; simplemente era un rostro bello con el cabello peinado hacia atrás. Cualquier mujer se sentiría orgullosa de pensar que un hombre podía verla de ese modo.

No llevaba una nota que dijera quién lo había mandado, pero llamó a Salvatore, que respondió con un tono de voz impaciente, uno que demostraba que había estado esperando. En cuanto oyó su voz, Helena dijo:

–Me rindo.

–¿Qué significa eso exactamente?

–Significa que en esto eres mejor que yo. Significa que me has pillado desprevenida. Significa «gracias, es maravilloso».

–Esperaba que te gustara –dijo él con calidez en la voz–. ¿Estás libre para cenar conmigo esta noche? Conozco un restaurante que creo que te gustaría mucho.

–Suena estupendo.

En esa ocasión no hubo gondolero. Salvatore fue a buscarla al hotel a pie y por casualidad Helena estaba mirando por la ventana cuando llegó. Lo vio cruzar un pequeño puente, detenerse en lo alto para asomarse y mirar la laguna.

Ella se echó hacia atrás para poder observarlo sin que él lo supiera y desde esa distancia pudo ver que tenía unas piernas largas como las de un atleta y que se movía con una gracia y una elegancia que no llegaban a ocultar sus aires de poder.

Al pensar en ese poder la recorrió un temblor de excitación advirtiéndola de que se estaba metiendo en terreno peligroso. Pero lo deseaba, tenía que admitirlo. Deseaba ese cuerpo y lo que fuera que podía ofrecerle al suyo. Quería sentir sus manos sobre ella, acariciándola en esos lugares que había devuelto a la vida sólo con su presencia.

Su cabeza estaba en guardia, pero su cuerpo se negaba a ser cauto.

Mientras lo miraba por la ventana, él reanudó el camino al hotel y unos momentos después, ella bajó para recibirlo con una sonrisa que no reflejaba la agitación que sentía por dentro.

Juntos caminaron hasta un pequeño restaurante y se sentaron en una mesa situada en un extremo del jardín, iluminada únicamente por una vela y unas pequeñas lucecitas que colgaban sobre sus cabezas.

–¿He elegido bien? –le preguntó Salvatore–. No es un lugar elegante ni lujoso...

–Mejor. Tiene mucho encanto. Gracias por no intentar abrumarme con algo demasiado espectacular y refinado.

–Eso habría sido una estupidez por mi parte. No puedo competir con Helena de Troya.

–¿Así que lo sabes?

–Sí... por fin. Parece que todo el mundo en Venecia lo sabía desde el principio y debo admitir que intentaste advertirme de que había algo que yo desconocía, pero no hice caso y al final tuve lo que me merecía.

Ella buscó algún rastro de ironía en esas palabras, pero no lo encontró y, mientras aún seguía pensando en ello, apareció un camarero con una botella de champán.

–El mejor, *signor*, tal y como ha pedido.

–Que no te confunda el aspecto modesto de este lugar. Su bodega es la mejor.

Cuando el camarero se fue, Salvatore alzó su copa.

–Te felicito.

–¿No debería felicitarte yo a ti por tu truco?

–No fue mi intención en ningún momento. No he pagado a Jacopo para que hiciera nada. Antes trabajaba para mí, pero lo despedí por vago. Consiguió un trabajo en Larezzo, aunque supongo que no cobra mucho y pensó que, si te espiaba, podría volver conmigo. Jamás lo animé a hacer nada, pero cuando vio la cabeza le sacó una fotografía y corrió a verme diciendo que me estabais difamando.

–¿Difamando? ¿Cómo?

–Esa cabeza me representa como al diablo.

–Sí, pero ¿dónde está la difamación?

Él sonrió.

–Gracias, acabas de confirmarme lo que pensaba. No la pusiste allí por casualidad, esperabas que Jacopo la encontrara. Es más, hizo exactamente lo que pensaste que haría... algo que, por supuesto, es lo que los hombres suelen hacer.

Ella sonrió y se acercó más a él para susurrarle:

–No esperarás que te responda a eso, ¿verdad?

Salvatore se acercó a ella y con voz temblorosa le dijo:

–No es necesaria ninguna respuesta.

Le puso los labios sobre la mejilla y fue deslizándolos hasta llegar a sus labios, que rozó ligeramente antes de apartarse.

–Acabas de demostrarlo –le susurró ella.

–¿Sí?

–Eso es lo que quería que hicieras.

–Tus deseos son órdenes para mí.

–Aquí viene el camarero –dijo Helena.

Se separaron y se quedaron en silencio mientras él les rellenaba las copas de champán y les hacía unas sugerencias sobre el menú.

–Para dejar que disfrutes de tu victoria al completo –le dijo Salvatore cuando volvieron a quedarse solos–, te diré que cuando me enteré de la situación financiera de la que has gozado desde hace años, me quedé horrorizado ante mi propia temeridad por haberte desafiado. ¿Cómo he podido ser tan...?

–Oh, cállate –dijo ella entre risas–. No me engañas.

–Bueno, creí que merecía la pena intentarlo –añadió él riéndose también.

De pronto Helena sintió miedo. ¿Cómo había podido olvidar que la risa era lo más peligroso que podía suceder entre un hombre y una mujer? Más peligrosa todavía que el deseo.

Casi se sintió aliviada cuando el camarero llegó para tomarles nota.

Solos otra vez, Salvatore dijo:

–Si te soy sincero, admitiré que me alegra que estemos en un punto muerto porque eso significa que te quedas en Venecia –la miró a los ojos–. Quiero que te quedes, aún tenemos asuntos pendientes y no me refiero a la fábrica de cristal.

Ella asintió como si estuviera hipnotizada.

–Dime –siguió él–, ¿de verdad ibas a sacar a la venta esa cabeza de demonio?

–Claro que no. Voy a guardar como un tesoro esa hermosa pieza.

–Espero que me des la mía.

–La verdad es que pensaba subastarla. Recaudaría una fortuna.

–Inténtalo. Sólo inténtalo.

–¿Qué harías? ¿Denunciarme por violar tu *copyright?*

–Hay muchas cosas de ti que me inquietan, Helena, pero eso es lo de menos.

–Me alegra oírlo –lo miró a los ojos, pero el mensaje que vio en ellos la dejó sin palabras.

–¿Aún estoy haciendo lo que quieres que haga?

–Sin duda, pero ya que es mutuo podemos decir que estamos igualados en la batalla.

–Por el momento.

–Sí, por el momento. La escaramuza preliminar ha sido interesante, pero aún no ha llegado la guerra.

–Tal vez lo que falta por llegar no sea una guerra –sugirió él.

–Oh, creo que sí. ¡Así será más divertido todavía!

–Pienso lo mismo. Entonces, ¿por qué no empiezo con un ataque al territorio enemigo? Creo que lo mejor será que te acompañe y tome posesión de mi cabeza. Brindo por una tregua muy, muy larga.

–¿Una tregua armada? –preguntó ella alzando su copa.

–Lo que más te guste.

–Armada, entonces.

Y chocaron sus copas.

Los dos estaban jugando y la noche que tenían por delante se presentaba muy interesante.

Tal y como Salvatore había dicho, el aspecto modesto del restaurante resultaba engañoso ya que allí servían la mejor comida de Venecia.

–Por lo menos admitirás que la cocina veneciana es la mejor del mundo.

–No estoy segura de que sea para tanto, pero podría decir que es la mejor que he probado.

–Eso bastará por ahora.

–Pero el cristal de Venecia es diferente. Ése, por supuesto, sí que es el mejor del mundo.

Fue el mejor tema de conversación que pudo haber elegido ya que, tal y como había esperado, él comenzó a hablarle del interés que los dos compartían.

–Venecia está situado entre el este y el oeste y en muchos sentidos es una ciudad del este. En el siglo XIII cuando Constantinopla fue saqueada durante las Cruzadas, algunos de los artesanos del cristal que huyeron vinieron a Venecia trayendo con ellos sus técnicas, que hicieron al mundo maravillarse, y su belleza, que nunca antes se había visto. Pronto se situaron entre los ciudadanos más importantes de la República de Venecia. Podían llevar espadas y hacer casi todo sin miedo a que los acusaran.

–Ya entiendo. Esa clase de poder puede afectar a algunas personas que empiezan a sentir que son libres para hacer lo que les plazca.

—¿Y piensas que esa arrogancia podría haberse extendido hasta nuestros días? —preguntó él con una inocencia fingida.

—Claro. ¿Te recuerda a alguien que conozcas?

—Posiblemente a mi tatara-tatarabuelo, Claudio Veretti. Se casó con una noble. El *palazzo* pertenecía a esa familia, pero como eran unos derrochadores pronto pasó a manos de mis ancestros.

—Y, claro, él le cambió el nombre y puso su sello en él.

—Claro. En esos días la gente de influencia no se casaba por amor. Se casaban para amasar más riquezas.

—¿Es eso una indirecta?

—¿Qué?

—Lo de que la gente de influencia se case para amasar más riqueza, lo que tú pensabas de mí...

—¡No! Helena, por el amor de Dios, creí que eso ya lo habíamos dejado atrás. Me equivoqué, ahora lo sé. No te casaste con Antonio por su dinero. La prensa dice que ganaste una fortuna durante tu etapa como modelo —al verla enarcar las cejas se apresuró a añadir—: Te he buscado en Internet, aunque no había mucha información, ni siquiera mencionaban que te habías casado con Antonio...

—Nadie lo sabía. Queríamos que nos dejaran tranquilos.

—Antonio ni siquiera se lo contó a la familia.

—Creo que sabía que no me aceptaríais.

Viendo el peligro acercarse, Salvatore se apresuró a cambiar de tema.

—Como te he dicho, no había demasiada información, pero sí muchas fotografías. Prácticamente te he visto crecer, de bonita a preciosa a increíble. Supongo que por eso Antonio se enamoró de ti.

–No, según él. No me conoció siendo modelo, ya lo había dejado cuando nos conocimos. En ese momento casi perdí todo mi dinero por culpa de un embaucador. Fue una suerte que Antonio estuviera en el mismo hotel y conociera la reputación de ese hombre. Me salvó y así fue como nos conocimos. El resto del mundo me veía como una mujer poderosa que podía tener todo lo que quisiera, pero Antonio me vio como a una inocente que necesitaba la protección de un hombre. Y eso fue lo que me atrajo de él, nunca nadie había cuidado de mí y él lo hizo. Durante dos años nos cuidamos el uno al otro.

Se quedó en silencio un instante, mirando al infinito con una ligera sonrisa en los labios.

–¿En qué estás pensando? –le preguntó él con delicadeza.

–En él, en cómo era, en las tonterías que solía decir, en cómo nos reíamos juntos.

–No estés triste –le dijo Salvatore cuando ella lo miró.

–No lo estoy. Siempre lo tendré conmigo.

Esperó a que el camarero les sirviera el café y el postre y dijo:

–Me gustaría que me hablaras de él. ¿Cómo era de joven? Y que no te dé vergüenza hablarme de sus conquistas. No creo que haya muchas que no me haya contado.

–¿Te lo contaba?

–Éramos muy, muy amigos.

De pronto una gota de agua cayó en la mano de Helena y después otra.

–Está lloviendo –dijo Salvatore–. Será mejor que vayamos dentro.

Una vez dentro, él habló con alguien por teléfono.

–La góndola estará aquí en un minuto.

–¿Góndola? ¿Con este tiempo?

–Espera y verás –le respondió él sonriendo.

Lo entendió todo en cuanto llegó la embarcación. Se le había añadido un pequeño camarote hecho con un techado y unos soportes con cortinas en los cuatro lados.

–Claro, tiene un *felze*. Antonio me dijo que en un tiempo todas las góndolas las llevaban para que la gente pudiera tener su intimidad, pero que ahora ya no se ven mucho.

–No, ahora los pasajeros suelen ser turistas que lo que quieren es ver las vistas.

El gondolero descorrió las cortinas de un lado y la ayudó a entrar mientras que Salvatore la sujetaba por detrás hasta que ella se dejó caer sobre los cojines. Después él se sentó a su lado y volvió a correr la cortina.

–¿Estás bien?

–Sí, creo que sí... ¡Vaya!

–La góndola se ha sacudido porque el viento está removiendo el agua. Agárrate a mí.

Helena sintió la mano de Salvatore sobre su cuello y llevándola contra su cuerpo. En la oscuridad, sus bocas se tocaron en un apasionado beso.

Salvatore le desabrochó los botones de la camisa y descubrió que no llevaba nada debajo y que podía acariciarle los pechos, algo que hizo hábil y delicadamente.

Sabía cómo acariciar para dar el máximo placer y, tras juguetear con su pezón hasta hacerlo endurecer, colocó los labios entre sus senos. Cuando ella comenzó a acariciarle la nuca, Salvatore se apartó ligeramente.

–No pares –le susurró ella.

Y al instante él bajó la cabeza y la besó por el cuello, dejando un rastro de excitación y calor allí por donde se movía. El cuello de Helena era largo, como el de un cisne, y él le prestó total atención, tomándose su tiempo, sin avanzar hasta que estuvo seguro de que le había dado placer.

–Helena...

–¿Sí?

Pero la góndola se detuvo de pronto.

–Hemos llegado al hotel –dijo él con la voz entrecortada–. Ahora tenemos que volver a ser unos ciudadanos respetables.

Ella lo abrazó.

–No estoy segura de poder hacerlo.

–Yo tampoco, pero tendremos que fingir –le dijo mientras le abrochaba los botones.

Lograron llegar a la habitación del hotel sin tocarse, pero una vez dentro de ella fue difícil saber quién de los dos se movió primero. Enseguida ya estaban el uno en los brazos del otro, besándose desesperadamente.

Él comenzó a quitarle la ropa y a tirarla al suelo. Se desabrochó la camisa revelando un pecho fuerte, velludo y excitante.

Dentro de esa habitación a oscuras el cuerpo de Helena se encendió y recobró vida con cada caricia. Se echó hacia atrás hasta que pudo sentir su propio cabello rozar su cintura a medida que él la besaba más y más abajo, entre sus pechos. La calidez que la embargó se extendió a todas sus extremidades y le hizo desear que ese momento durara para siempre.

«Lo que me está pasando es exactamente lo que Salvatore quería», pensó. Esas palabras le recordaron que seguían estando en guerra, que lo suyo era una lucha por la supremacía y que la atracción sexual que sentían no era más que otra arma de las que empleaban, si bien la más deliciosa y la más letal.

Su excitación comenzó a morir cuando la asaltaron las dudas. Hacía tanto que no estaba con un hombre en la cama que veía ese momento como si fuera virgen y sabía que tenía miedo.

–¿Qué pasa? –preguntó él.

–Nada... sólo dame un momento. No... ¡No! Suéltame.

–¿Llegamos hasta este punto para luego decirme que te suelte? –dijo al separarse de ella.

–Lo siento, no puedo seguir. Esto... no debería estar pasando.

–¿Y qué debería estar pasando, Helena? –le preguntó furioso, agarrándola de los brazos y zarandeándola–. Si pensabas que iba a alejarme como un cachorro al que han apaleado, te engañabas a ti misma. Te avisé que no jugaras conmigo.

–No es lo que piensas, es sólo que no estoy preparada...

–No te hagas la inocente conmigo. Sabías lo que iba a pasar cuando hemos cruzado esta puerta. Lo sabías antes, incluso, en la góndola, en el restaurante...

–Suéltame, Salvatore, lo digo en serio. Suéltame ahora.

Capítulo 7

PARA alivio de Helena, Salvatore la soltó, aunque la siguió hasta la ventana mientras le gritaba:

—No has subido a la habitación conmigo esperando darnos la mano simplemente. *Dio mio!*, no me equivoqué contigo. Lo tenías todo planeado.

Ella estaba a punto de explicarse para defenderse, pero se detuvo cuando una luz que provenía de la calle iluminó la habitación y pudo ver la magnificencia de la desnudez del hombre que tenía delante.

Y entonces también vio la ironía del momento. Él era todo lo que había deseado, era la realización de lo que había soñado y se había hecho realidad en el peor momento posible. Porque aparte de ver sus largas y musculosas piernas, su plano abdomen, su excitación intentando ser reprimida y su acelerada respiración, muestra de su intenso deseo, lo que destacaba por encima de todo era esa terrorífica mirada; una mirada de puro odio.

Era como si otro hombre lo hubiera poseído; un hombre violento.

El sentido común la avisó de que acabara con eso rápidamente, que lo calmara y que se librara de él lo antes posible, pero lejos de estar asustada, comenzó a llenarse de una energía y unas ganas de enfrentarse a él contra las que el sentido común no podía competir.

—No he planeado nada, pero lo que pasa es que siempre estás dispuesto a pensar lo peor de mí.

–Llevas dándome un mensaje toda la noche que no se corresponde con el que me has enviado ahora y supongo que sé por qué. Así es como funcionas, ¿verdad? Así es como te diviertes. ¿Cuántas veces has provocado a un hombre, lo has llevado hasta el límite antes de entregarte a ellos?

–Yo nunca me entrego –respondió furiosa y sabiendo que él captaría el significado oculto–. Esa parte de mí me pertenece en exclusiva y nunca te acercarás a ella.

–Te equivocas. Acabarás ofreciéndomela, te lo prometo.

–No, lo que quieres decir es que la tomarás –le dijo con tono acusatorio.

–Yo nunca hago eso. El placer se obtiene cuando te lo ofrecen incluso contra su propia voluntad. Acabarás dándome todo lo que quiera y suplicándome que tome más.

–Demuéstralo.

–¿Me estás desafiando? Porque voy a aceptar el reto.

Con un movimiento rápido, la rodeó por la cintura y la acercó a su cuerpo, haciéndole sentir su excitación entre sus piernas y recordándole que eso sólo podía acabar de un modo.

Ella le puso las manos en el pecho para apartarlo a pesar de que eso no era lo que quería en realidad y él debió de saberlo porque no se separó ni un centímetro.

–Demasiado tarde –susurró Salvatore–. No deberías haberme retado si no lo decías en serio. Yo ya he aceptado el desafío.

Sólo unos momentos antes el miedo había minado su deseo, pero después la furia lo había traído de vuelta misteriosamente y ahora era más fuerte que ella misma.

–¿Por qué estás enfadada conmigo? Estamos jugando a tu juego, a tu modo, con tus reglas.

–Mis reglas –dijo ella excitada, con la voz entrecortada–. Entonces puedo cambiarlas siempre que quiera. Nunca podrás estar a mi nivel.

–Demuéstralo –dijo repitiéndole sus propias palabras.

Según hablaba, Salvatore la iba llevando hacia la cama. Se tumbó y la tendió a ella encima.

–¿Qué dicen ahora las reglas?

Ella le respondió besándolo en la boca, olvidó el rol que estaba desempeñando y se dejó llevar por un instinto ciego. Él era un hombre con un poder demoníaco para seducir a una mujer y ese poder la estaba excitando hasta arrastrarla a nuevos caminos. Tal vez seguirlos no era lo más sensato, pero había perdido la razón y obedecía las exigencias de su cuerpo.

Durante mucho tiempo había luchado contra los anhelos de su cuerpo, se había hecho creer que ya no existían. Ahora, esa ilusión que se había creado se desvanecía porque sabía que deseaba a ese hombre; que lo deseaba a él y no a otro.

Alargó una mano hacia él hasta que pudo sentirlo, poderoso y duro como una roca entre sus dedos. No podía soportar el deseo de tenerlo dentro.

Él la empujó delicadamente hasta tumbarla de espaldas y con su rodilla le separó las piernas. Helena lo miró en ese momento y lo que vio en su rostro la sorprendió. Su dura mirada había desaparecido para dar lugar a otra expresión que parecía indicar que él también se sentía como si estuviera en una tierra desconocida.

Al instante lo sintió entrar en ella, moverse dentro de ella, lentamente, prolongando el placer con un infinito control, tomándola más y más hasta hacerla arder con un placer tan intenso que resultaba insoportable. Lo rodeó con sus piernas y sus brazos, haciéndolo su prisionero y pidiéndole que ese momento durara para siempre. Tenía la terrible sensación de que pronto acabaría y no podía soportarlo. Se movió contra él con toda su fuerza hasta que llegaron al clímax y regresó al mundo para descubrir que el corazón le palpitaba salvajemente y que nada era como antes. Ya nada volvería a ser igual.

Estaba tumbada de espaldas con los ojos cerrados. Podía sentir a Salvatore cerca pero tenía la necesidad de estar sola. Lo que había sucedido dentro de ella resultaba tan alarmante como espléndido y él era la última persona del mundo a la que le permitiría saberlo.

Respiró hondo varias veces para calmarse y volvió a asumir el rol que quería desempeñar. Abrió los ojos y lo vio sentado en la cama, mirándola.

–Bueno, ¿vas a negarme que he ganado?

–No has ganado nada. Aquí dentro –dijo ella señalándose al pecho–, no hay nada que ganar.

Él le puso la mano en el corazón, que latía con fuerza.

–Una máquina –dijo Helena–. Nada más.

–Eso no es verdad.

–Claro que sí. Y es muy útil. Ni emociones inoportunas, ni lágrimas cuando todo acabe.

–¿Ya estás planeando el final?

–Todo termina, aunque no demasiado pronto, espero.

–Eres muy amable.

Ella bostezó y se estiró.

–No tenemos nada que hacer excepto complacernos.

–¿Interpreto que no tienes quejas?

–Ninguna que se me ocurra. Si las tengo, te lo haré saber.

Él se rió.

–Debería irme. No quiero crear ningún escándalo.

Esperó a que ella le pidiera que se quedara, pero Helena, con la mirada vacía, no dijo nada. Salvatore encendió la luz de la mesilla, se vistió rápidamente y fue hacia la puerta, pero en el último momento se detuvo y le preguntó con gesto de preocupación:

–¿Estás bien?

–Nunca había estado mejor, pero ahora quiero dormir. No hagas ruido al cerrar la puerta.

–Bien. Helena...

–Oh, por favor, perdóname, tengo tanto sueño –dijo bostezando.

–Buenas noches –y se marchó.

Helena se quedó mirando al techo mientras intentaba comprender lo que había pasado. Su piel aún vibraba de placer y satisfacción y una parte de ella deseaba volver a estar con él mientras que la otra quería huir de Venecia, huir de Salvatore. El único modo de ser libre era estando sola. Acercarse a él era arriesgarse a amarlo y eso supondría un verdadero desastre.

Se preguntó dónde estaría Salvatore y qué estaría pensando. Intentó imaginarlo paseando por las oscuras calles y regodeándose de su fácil victoria, pero su gesto de preocupación cuando le había preguntado si estaba bien evitó que esa imagen tomara forma.

Apagó la luz de la mesilla y se escondió bajo las sábanas.

Abajo, Salvatore miraba hacia la ventana intentando encontrar algo de sentido a lo que sentía por dentro. Ella se había mostrado como una mujer viviendo la pasión por primera vez. Helena de Troya, cuyo hermoso cuerpo era sinónimo de atracción sexual, había hecho el amor como si fuera la primera vez, con inocencia, y eso lo había dejado impactado.

Siempre había evitado la inocencia al pensar que causaba demasiadas complicaciones. Se había sentido atraído por Helena porque se parecía a él, era cínica, astuta y capaz de cuidar de sí misma. Pero la realidad no era ésa. Sus caricias habían sido puras y sencillas, nada calculadas. Había estado con mujeres que lo habían llevado hasta lo límites del placer, pero que después le habían sido indiferentes. Ninguna de ellas le había despertado la preocupación que había sentido por Helena.

–¿Qué misterio ocultas? –murmuró–. ¿A quién de los dos estás mintiendo? ¿Y por qué?

Se quedó mirando la ventana hasta que vio la luz apagarse y sólo entonces se alejó, pensativo.

Tras un viaje de negocios, primero en Milán y después en Roma, Salvatore regresó a Venecia, donde lo esperaba una sorpresa.

–Lo trajo un mensajero el día que te marchaste –le dijo su abuela.

La anciana pertenecía a una familia noble que perdió su riqueza y por ello se había casado por dinero y había dado a luz a una niña, Lisetta, la madre de Salvatore. Guido, el marido de su hija, había sido el objeto de su odio y con razón. Ahora que los dos estaban muertos, ella frecuentaba el *palazzo* sin dejar de insistirle a Salvatore que no olvidara «su posición».

Abrió el paquete delante de ella y entonces deseó no haberlo hecho. Era la cabeza de demonio que Helena había creado y dentro llevaba una nota: «Te lo prometí. Gracias por la mía. Es preciosa. Helena».

Rápidamente, escondió la nota, pero su abuela la había visto y exclamó:

–¡Así que es verdad! Corría un rumor diciendo que te había insultado, pero no creía que se hubiera atrevido.

–No me ha insultado –dijo Salvatore examinando el objeto con interés–. Es una pieza muy buena y, si no me equivoco, la ha diseñado Leo Balzini, un joven diseñador al que llevo persiguiendo meses –se rió–. Ha logrado hacer que se parezca a mí.

–No seas absurdo. ¿Quién iba a pensar que un demonio podría parecerse a ti?

–Cualquiera que me hubiera visto por dentro tanto como ella... –su voz se apagó.

–¿Qué es eso que estás farfullando?

–Nada. Tú sólo ten por seguro que no es un insulto.

–¡Hum! Me cuesta creerlo. Una mujer como ésa...

–Por favor, no te refieras a ella de ese modo –dijo él al instante.

–Te he oído a ti hablar así de ella.

–Pero técnicamente es parte de la familia y lleva el apellido Veretti.

–Pero no tenemos por qué aceptarla. ¿Tienes idea del espectáculo que ha dado en la última semana?

–Es modelo. Es lógico que atraiga todas las miradas.

–Se la ha visto en compañía de un hombre distinto cada noche, incluso con Silvio Tirani. Sé que formó una escena en un restaurante y eso es lo último que nuestra familia necesita. Debemos ignorarla.

–Creo recordar que te caía muy bien Antonio –señaló Salvatore.

Oyó a su abuela tragar saliva y recordó, demasiado tarde, que habían sido unas palabras desafortunadas. A pesar de ser quince años mayor que Antonio, la *signora* se había encaprichado de él y había sido incapaz de ocultarlo. Se decía que ésa era la razón por la que Antonio se había marchado de Venecia y ya formaba parte de la leyenda familiar. Pero Salvatore no lo había dicho con esa intención y se apresuró a añadir:

–¿Cómo se sentiría si ignoraras a su viuda? Creo que es hora de que conozca a toda la familia.

–¿Quieres decir que la invitemos a venir aquí? Jamás.

–No es necesario que lo hagas. En mi propia casa soy yo el que extiende las invitaciones.

Furiosa, su abuela fue hacia la puerta, pero antes de salir dijo:

–Creo que te has vuelto loco.

–Estoy empezando a creer que sí –murmuró él cuando la mujer ya se había alejado.

El problema de qué hacer después de haber pasado la noche con Salvatore lo había resuelto al descubrir que aún tenía la cabeza de cristal que le había prometido. La empaquetó y se la envió con una nota que era cordial, aunque no demasiado efusiva, y después esperó a que él contactara con ella.

Cuando pasaron los días y no recibió noticias, afrontó los hechos: Salvatore había conseguido lo que quería y después le había dado la espalda.

Día tras otro, iba a la fábrica y se concentraba en aprender más del negocio para no pensar en él. Era únicamente por la noche cuando quedaba desprotegida ante los recuerdos de su cuerpo contra ella, dentro de ella, y ante la humillación de imaginar lo que él habría estado pensando todo el tiempo.

Lo que siguió, aquel momento en el que Salvatore pareció preocuparse por ella, había sido sólo una ilusión y desde entonces él había empleado el silencio para mostrar su verdadero desdén.

Finalmente, los rumores que siempre corrían por Venecia le dijeron que Salvatore se había marchado de la ciudad a la mañana siguiente, tomando a todo el mundo por sorpresa.

–Ha surgido de repente –le dijo Emilio mientras se tomaban un descanso en la fábrica.

–¿Sabe alguien cuándo volverá? –preguntó Helena intentando mostrarse indiferente.

–Al parecer no. Ojalá no volviera en años, así estaríamos a salvo de cualquier acción que pudiera tomar contra nosotros. Siempre hay que mirar el lado bueno de las cosas.

–Sí –respondió Helena con tono apagado–. Siempre hay que mirar el lado bueno.

Se quedaba trabajando hasta tarde, alargando el día todo lo posible, pero al final siempre tenía que enfrentarse a la noche. Su popularidad había aumentado por la ciudad y siempre había alguien con quien salir a cenar, si quería, pero cuando después se marchaba a dormir, no lo lograba porque allí siempre estaban unas imágenes y unos recuerdos atormentándola. Cerraba los ojos y se acurrucaba, temblando.

Sin embargo, nunca lloraba. Nunca.

Según la nota que recibió, se le comunicaba a la *signora* Helena Veretti que había sido invitada por el *signor* Salvatore Veretti a la *Festa della sensa,* que se celebraría en dos semanas.

–Es un honor –le dijo Emilio–. ¿Te habló Antonio alguna vez del festival?

–Un poco. Se remonta a siglos atrás, cuando el dux lanzaba un anillo de oro al agua para celebrar el matrimonio de Venecia con el mar.

–Así es, se festeja todos los años y en él participan las figuras más importantes de Venecia. Estarás en buena compañía.

–Suponiendo que acepte la invitación.

–La gente mata por conseguir una de esas invitaciones. Piensa en todos los contactos que puedes conseguir para el negocio.

–Sí, claro, debo pensar en eso.

Mientras pensaba si llamar a Salvatore o mandarle la respuesta por escrito, el teléfono sonó.

–¿Has recibido mi invitación?

–Estaba a punto de llamarte.

–Vamos a almorzar. Nos vemos en una hora... –le dio el nombre de una cafetería y después se oyó un clic. Había colgado.

La cafetería era pequeña, modesta y alegre. Salvatore la estaba esperando en una mesa en la calle con vistas a un pequeño canal. Le sirvió una copa de vino, que ya había pedido.

Al verlo, a Helena le pareció estar mirándose en un espejo. Si esa mirada no la engañaba, Salvatore había pasado tantas noches sin dormir como ella.

–Gracias por la cabeza. La he guardado con llave en un lugar seguro para evitar que mi abuela la destroce. Le indigna que alguien pueda verme como a un demonio, pero le he dicho que se lo explicarías cuando os conozcáis.

–¿Qué? ¿Y qué voy a decirle?

–Eso decídelo tú –le dijo sonriendo–. Yo sólo seré el árbitro.

La sonrisa de Salvatore iluminó su mundo, por mucho que intentó no admitirlo. Después de una semana de amargura, ahora se sentía feliz por estar con él.

–No me equivocaba al convertirte en un demonio. Tienes el mismo descaro.

–¿Así que aceptas mi invitación?

–Espera un minuto, yo no he dicho eso.

–¿Por qué ibas a negarte? ¿Porque la invitación viene de mi parte? –le preguntó con una expresión encantadora a la que ella no pudo resistirse.

–Digamos que me resulta sospechoso que me invites.

–Pero ahora eres toda una celebridad y quiero que me vean contigo, por el bien de mi reputación.

–¿Vas a dejar de decir tonterías?

–Lo digo en serio. En mi posición, tengo que asegurarme de que te ven conmigo y no con otros hombres. No puedo tener competencia de... digamos... Silvio Tirani.

–Sí, claro. Me lanzaría a sus brazos en cualquier momento.

–Toda Venecia dice que lo hiciste salir de un restaurante con las orejas gachas. Para ser sincero, me identifico con él.

–¡Oh, vamos!

–A mí me has hecho lo mismo varias veces. Tal vez Tirani y yo podríamos formar una sociedad, «Los rechazados por Helena de Troya».

Los dos comenzaron a reírse a carcajadas y una sensación de calidez y cercanía flotó entre ellos, no sólo un ardiente calor sexual, sino algo más delicado, reflejo de dos mentes en armonía.

–¿Estás bien? –le preguntó Salvatore, esperando que ella recordara la pregunta que le había hecho una vez.

Ella lo recordó al instante y respondió:

–Estoy muy bien.

–¿No te hice daño aquella noche, verdad? Porque si lo hice, jamás me lo perdonaría.

Su voz era tierna y preocupada y lo mismo reflejaban sus ojos. Por un momento la guerra había quedado en suspenso y ellos habían dejado de ser combatientes.

–No me hiciste daño –insistió ella con firmeza.

–Pero algo te preocupaba –dijo él, con delicadeza–. Me gustaría que me lo contaras.

Por un momento pensó que Helena confiaría en él

y su corazón se iluminó, pero entonces ella le sonrió y supo que se había cerrado a él una vez más. La sonrisa era su armadura.

–Lo único que me preocupa es el hecho de que ganaste... por el momento.

–Que yo sepa, sigues en el negocio.

–No me refiero al negocio. Me dijiste... que contigo disfrutaría mucho. Y lo hice –alzó su copa de vino–. Enhorabuena por tu victoria.

–¡Cállate! No hables así.

Antes se habría regocijado al oír esas palabras, pero ahora lo atormentaban. Ella dejó su copa y lo miró protegida por su armadura, aunque él enseguida cambió el tono para decirle:

–Entonces serás mi invitada en mi barco para la *festa* y después en mi casa para el banquete que celebraré.

–Bueno...

–Y si has aceptado la invitación de otra persona, puedes decirles que has cambiado de opinión.

–Así mejor, ahora ya vuelves a ser tú.

Estaba preocupado y ese sentimiento estaba empezando a serle familiar desde que se había levantado de la cama de Helena tras una unión que lo había desconcertado de un modo que no lograba entender.

Él estaba acostumbrado a hacer el amor únicamente con el cuerpo sin entregar su corazón. Por muy misteriosa que le pareciera una mujer, todo ese misterio desaparecía una vez que la había llevado a la cama y que después ella reaccionaba como todas, aferrándose a él, queriendo prolongar la relación y hablando de amor a un hombre que no quería oír esa palabra, que se aceptaba a admitir la realidad.

Pero Helena se había dado la vuelta, le había dejado marchar y se había mostrado indiferente, dejándolo embargado por unos pensamientos que nunca antes lo habían atormentado y de los que había intentando huir marchándose de la ciudad. Durante su ausencia, ella le había enviado la cabeza de cristal, pero no había hecho más intento de contactar con él. Estaba desconcertado.

Helena había dicho que no tenía un corazón que entregar y él estaba empezando a preguntarse si sería verdad, aunque eso nunca antes le habría importado.

—Mi familia desea conocerte. Después de todo, eres una de nosotros. Sí, entiendo por qué me lanzas esa mirada desconfiada, pero hay muchos Veretti y no todos son tan malos como yo. Al menos dales la oportunidad de darte la bienvenida.

—Por supuesto. Estaré encantada de conocer a la familia de Antonio.

Se hizo el silencio. Ella se echó hacia atrás, cerró los ojos y disfrutó de la sensación del sol cayendo sobre su rostro mientras él la miraba preguntándose en qué estaría pensando.

—Helena...

Lo miró a los ojos y descubrió que ambos compartían los mismos pensamientos. Tan intensa fue la experiencia que casi pudo sentir las manos de Salvatore en su cuerpo, tocándolo como nunca antes lo habían hecho, como ella nunca le había permitido a nadie acariciarla.

De pronto se sintió furiosa. ¿Cómo se atrevía él a hacer que el tiempo y la distancia desaparecieran y a llevarla a una nueva dimensión sólo con mirarla? ¿Pero quién se había creído que era?

—Helena...

—¿Sí? —preguntó ella fríamente.

—Me gustaría... Me gustaría enseñarte mi barco y explicarte lo que ocurrirá durante la *festa*. ¿Te parece bien mañana?

–Me temo que tendrá que ser otro día. Espero unas visitas en la fábrica.

–Otro día, entonces.

Ella se levantó, le dirigió una brillante sonrisa y se marchó.

Salvatore la vio alejarse. Helena acababa de informarle de que ella haría el siguiente movimiento y que lo haría esperar.

Otra nueva experiencia.

Capítulo 8

UNOS días después, durante los que no hubo ningún acercamiento, Helena pasaba por el vestíbulo del hotel cuando el joven del mostrador de información la llamó.

–Como se apuntó a la excursión a Larezzo, *signora*, he pensado que podría estar interesada en la excursión a Peronni. Saldrá en diez minutos.

–¿Hoy es miércoles, verdad?

–Así es, ¿hay algún problema, *signora*?

Sabía que Salvatore siempre estaba en la fábrica los miércoles.

–No, en absoluto. Haré la excursión.

Tenía que admitir que la fábrica de Salvatore era impresionante. En un momento de la visita guiada vio a dos trabajadores dándose un codazo y mirándola. Salvatore se enteraría de que estaba allí en cuestión de minutos.

–Éste es el nuevo horno y ninguno de nuestros competidores tiene uno igual.

–Pero me atrevería a decir que Larezzo tendrá uno mañana –dijo una voz tras Helena, que se giró y vio allí a Salvatore–. ¿Haciendo espionaje industrial? –le preguntó tomándola del brazo–. Deberías habérmelo dicho y habría sido tu guía personal.

–Me parecía mejor hacerlo en secreto. Pensé que, si venía un miércoles, nunca te enterarías.

Pero a Salvatore no lo engañaba.

—Como agente secreto tienes mucho que aprender. Ven conmigo.

Durante las siguientes dos horas le mostró todas las partes de la fábrica a la vez que se lo explicaba todo en detalle sin miedo a que ella pudiera robarle sus secretos profesionales. Pero cuando Helena vio lo moderna que era la maquinaria lo entendió todo. Hacía años que no se invertía en Larezzo y la fábrica había sobrevivido porque su producto era mejor, pero necesitaba muchas mejoras y Salvatore sabía que no tenía nada que temer.

Sin embargo, Helena decidió que eso iba a cambiar.

—Gracias. He aprendido mucho. Ahora debo irme y pensar.

—¿Has encontrado alguna idea útil que robarme? —preguntó él con tono alegre.

—Las ideas que merezcan la pena robar estarán bien protegidas, ¿o es que crees que no lo sé? —comentó entre risas.

—No, yo nunca te subestimo.

—He visto una o dos que podría mejorar.

—¿Sólo una o dos? Cena conmigo esta noche y me lo cuentas. Y dame tu número de móvil. Te estás convirtiendo en un personaje tan peligroso que voy a tener que tenerte vigilada.

—Lo mismo digo.

Intercambiaron los números y se citaron en el mismo restaurante de la última vez.

—Nos vemos allí —le dijo Helena—. Hay demasiados cotillas en el hotel.

—Bien.

—Me marcho ya.

—Me temo que tu grupo se ha marchado sin ti. Pediré una barca.

—No, ya que estoy en Murano me pasaré por mi fábrica para asegurarme de que no se ha hundido todavía –dijo con sarcasmo.

Caminó la corta distancia que la separaba de Larezzo y se encontró con Emilio en su despacho.

–He tomado una decisión, pero primero tengo que hacer una llamada urgente y después te lo contaré todo.

Salvatore fue el primero en llegar al restaurante y al ver que Helena se retrasaba, comenzó a sospechar. Al instante recibió un mensaje en el móvil: «Siento no poder ir. El trabajo me reclama y estaré en mi despacho. Helena de Troya».

Contempló las palabras con una sonrisa, intrigado, y concluyó que tenían un mensaje oculto.

Llamó a casa para asegurarse de que tenía su lancha motora preparada y corrió al *palazzo*. Diez minutos más tarde ya estaba llegando a Murano.

Había luz arriba y encontró la puerta trasera de la fábrica abierta. Una vez dentro fue hacia la habitación de donde procedía la luz, pero algo lo hizo detenerse.

Había un hombre hablando.

Se quedó de pie, entre las sombras, donde podía ver sin ser visto, y entonces apareció el propietario de esa voz.

Era un hombre joven, de no más de treinta años y extremadamente guapo.

–Vamos, cielo. No me lo pongas difícil.

–No te lo estoy poniendo difícil, Jack –se oyó a Helena decir entre risas–. Es sólo que no estoy acostumbrada a hacerlo de este modo.

–Entonces deja que te enseñe.

–Vamos, hazlo como te he dicho antes. Pon los brazos sobre la cabeza y échate hacia atrás... así mejor. Aún estás demasiado vestida. ¿Puedes quitarte algo?

–No, esto es lo máximo a lo que estoy dispuesta a llegar. Vamos, date prisa y hazlo.

–Pero si...

–Vamos, hazlo... así, sí... otra vez...

Salvatore se agarró con fuerza a la barandilla de la escalera, estaba furioso, pero entonces oyó el sonido de una máquina de fotos y a Jack diciendo:

–Genial, mírame...

–Ahora así.

–Sí, así. ¡Maravilloso!

–Me pregunto si... ¡Salvatore!

Al verlo, Helena fue hacia él con los brazos extendidos y una sonrisa. Él la abrazó.

–Está bien, chicos, ya hemos terminado. Podéis iros –gritó Helena al fotógrafo y a los chicos de iluminación.

Llevaba un largo vestido blanco de seda con dos rajas a los lados y por lo que Salvatore podía ver, aunque no estaba del todo seguro, parecía que no tenía ropa interior.

–Así que prefieres su compañía antes que la mía, ¿eh? –le dijo Salvatore una vez estuvieron solos.

–No, pero voy a ganar dinero con esas fotos.

–¿En este lugar? –preguntó Salvatore mirando a la habitación, una estructura de madera sin la más mínima decoración.

–No van a mirar el lugar, sólo a mí –fue hacia una viga que iba del suelo al techo, se apoyó en ella y lentamente colocó sus brazos sobre la cabeza.

–Así –dijo–. Y así –alzó una rodilla para que la seda del vestido se abriera y dejara al descubierto la pierna más perfecta que él había visto en su vida.

–¿Y cuánto pagarán por verte así? –preguntó Salvatore yendo a su lado y agarrándola por las muñecas.

–Espero que mucho.

Él le echó las muñecas sobre sus hombros y la llevó hacia sí.

–¿De verdad no te importa que los hombres te miren por dinero?

–Son sólo fotografías. No me importa lo que piensen.

–¿Y te importa lo que yo estoy pensando?

–Si estás pensando en lo correcto, no –le susurró.

–Quiero llevarte a la cama y hacerte el amor hasta que nos volvamos locos. Quiero que me hagas el amor para saber que soy el hombre que necesitas. ¿Te parece eso lo correcto?

–Oh, sí.

Ella lo rodeó con su pierna.

–*Strega* –Bruja.

–Claro que lo soy. Remuevo mi caldero todas las noches mientras preparo hechizos para atraerte.

Las manos de Salvatore encontraron las aberturas del vestido a los lados y subieron por sus piernas hasta llegar a un tanga de encaje extremadamente fino. La agarró por las caderas y con un solo movimiento rasgó la delicada tela de la prenda.

Ahora ya no había nada entre ella y sus dedos, que encontraron lo que buscaban, la cálida humedad que decía que estaba lista para él. Helena gimió.

–Ahora –le dijo con la respiración entrecortada–. No quiero esperar... ¡Ahora!

Él se fue desprendiendo de ropa hasta quedar medio desnudo y se adentró en ella con un poderoso y rápido movimiento que le produjo tanto placer a Helena que tuvo que agarrarse a él para no caerse; lo rodeó con sus piernas como si quisiera aferrarse a él para siempre.

Para siempre. No quería que ese momento acabara, un momento de puro placer que hacía que todo lo demás pareciera irrelevante. Y cuando los dos habían llegado al clímax, no le importó decir:

–No te atrevas a parar.

Había un sillón en el despacho contiguo. Salvatore la llevó en brazos hasta allí, donde terminaron de desnudarse el uno al otro.

Como si recordaran la última vez, las manos de Helena se dirigieron hacia los mismos lugares que podían volverle loco y, una vez allí, una especie de magia les indicó cómo acariciarlo y acariciarlo hasta hacerle perder el control.

Entró en ella con un poderoso movimiento que al instante se hizo menos intenso. La miró a la cara mientras se movía dentro de su cuerpo, con insistencia, pero delicadamente.

–Mírame –le susurró, y la vio abrir los ojos, asombrada–. Háblame. Háblame.

Pero Helena no podía hablar, sólo podía mirarlo, indefensa.

–Háblame –volvió a pedirle él.

Pero la excitación los envolvió y le hizo moverse más deprisa, con más fuerza hasta que ella gritó y se abrazó a él como si no fuera a soltarlo jamás. Y él descubrió que deseaba que eso sucediera.

Cuando todo volvió a la calma, Salvatore apoyó la cabeza sobre ella, asombrado por lo que había pasado, por cómo lo había hechizado. Ella podía hacerle querer protegerla. Ella podía hacerle reír. Ella era la mujer más peligrosa que había conocido.

–*Strega* –volvió a murmurar.

–Te estás repitiendo mucho.

–Lo sé, pero es la palabra más adecuada. No tengo más que decir.

Helena se rió y suspiró y, al verla, al sentir su cuerpo vibrar contra el suyo, él estuvo a punto de perder el control y tomarla de nuevo.

–Me pregunto quién ha ganado esta vez –dijo ella mientras le acariciaba la cara.

«Tú», pensó él. «Has chasqueado los dedos y he venido corriendo porque me he pasado la última semana hechizado por ti, sin poder dormir por ti, furioso contigo porque aunque no estabas a mi lado, no podía apartarte de mí. La otra noche sucedió algo que no comprendo. Lo único que sé es que he estado esperando a que te decidas. Ahora parece que lo has hecho, pero aún no sé qué pasa por tu cabeza y eso me preocupa demasiado, aunque a ti no parece preocuparte nada. Sí, sin duda, has ganado tú».

Sin embargo, le respondió en voz alta:

–Digamos que es un empate.

Unos días después hablaron sobre el festival mientras cenaban en un pequeño restaurante cuyas pizzas eran de las mejores de Venecia.

–Mi secretaria te recogerá en el hotel. Las barcas zarpan desde San Marcos y después vamos a la Isla de Lido. Una vez que se ha lanzado el anillo al mar, desembarcamos y se celebra una pequeña ceremonia en la iglesia de San Nicolo.

–¿De verdad se lleva celebrando desde hace mil años?

–Desde hace más. La idea original era recordarle al mundo que la República de Venecia siempre estaría por encima de todo.

–Y tú sigues pensando que domináis el mundo, ¿verdad?

–De eso no hay duda. Y si el mundo lo olvida, hay que recordárselo. Pero estábamos hablando del festival. Después hay fuegos artificiales, conciertos y la gente celebra cenas. Tú asistirás a la del *palazzo* Veretti y tendrás una habitación preparada ya que espero que te quedes a pasar la noche. Cuando todo termine, será muy tarde como para que vuelvas al hotel.

–Claro, además, mi hotel está tan lejos, ¿verdad? –comentó ella con ironía.

Él sonrió.

–Tienen muchas ganas de conocerte –le dijo a pesar de que en el fondo temía que la familia pudiera compartir la opinión de su abuela y llegar a insultarla, algo ante lo que él reaccionaría defendiéndola y revelando algo que aún no estaba preparado a afrontar.

–Seguro. ¿Ya tienen los misiles preparados? ¿Se los darás tú o ya se han abastecido ellos?

–No sé por qué hablas así.

–Mentiroso, sabes muy bien por qué hablo así –respondió ella con una sonrisa.

–Te malinterpreté una vez, pero eso forma parte del pasado.

–¿Quieres decir que le has contado a tu familia cómo son las cosas entre nosotros? ¿Cómo son... exactamente? –al ver el gesto de Salvatore, se echó a reír y añadió–: Perdona, no quiero meterme contigo, pero no puedo evitarlo. Bueno, sigue contándome qué pasará cuando me echen a los leones.

Él intentó describir a sus familiares y le contó que muchos de ellos se desplazarían desde otras zonas de Italia sólo para la ocasión.

–¿Cuántos primos tienes?

–El número te asustaría, pero están fascinados contigo. Mi prima pequeña, Matilda, está obsesionada con el mundo de la moda y dice que está deseando conocer a una «celebridad de verdad».

–Pero creía que en tu familia hay mucha gente importante.

–Y así es, pero para Matilda tú eres una celebridad de verdad. Y no es la única que lo piensa. Desde que nos han visto juntos mis acciones se han disparado.

Helena le agarró las manos.

–¿Crees que te causo muchos problemas? ¿Debería irme? ¿Debería vender la fábrica y marcharme para siempre?

–¿Lo dices en serio? –le preguntó él mirándolo fijamente a los ojos.

–No.

–Mejor.

Salvatore no dijo nada más, pero tampoco le soltó la mano mientras contemplaron el sol ocultarse tras el agua del Gran Canal y desprendiendo un intenso brillo escarlata.

Pero ese brillo escarlata acabó desvaneciéndose y ese momento mágico protagonizado por el sol llegó a su fin.

–¿Tienes frío? –le preguntó Salvatore un instante después.

–Sí, no sé por qué, pero de pronto...

–Vamos.

La acompañó al hotel y cuando llegaron a la entrada vio a Clara, que los saludó con entusiasmo.

–Querida Helena. Esperaba encontrarte aquí...

–Yo me despido –dijo Salvatore apresuradamente–. Me pondré en contacto contigo para decirte cómo quedamos. Encantado de verla, condesa.

Y con esas palabras se marchó.

Helena invitó a la condesa a subir a su habitación, pero ella insistió en quedarse en el bar del hotel sugiriendo que su objetivo era que la vieran con la celebridad del momento.

Comenzaron su charla conversando sobre la fiesta de recaudación de fondos para el hospital.

–Aún me sorprende lo que Salvatore hizo en la subasta –dijo Helena.

–Siempre puedes contar con que Salvatore dé mucho dinero, pero nada más.

–¿Qué quieres decir con eso? Si ofrece mucho dinero, ¿no es eso lo que importa?

–Oh, sin duda. Y sí que da mucho dinero, no sólo a mi obra benéfica, sino a muchas otras. Pero nunca ha visitado el hospital, por ejemplo. Para él lo fácil es dar dinero. Tiene reputación de ser generoso sin dar nada de sí mismo.

Si bien Helena ya había tenido esa sensación una vez, se mostró algo molesta por el comentario.

–Pero la generosidad consiste en darle a la gente lo que más bien les hace. Si con su dinero se puede comprar un equipo que le salve la vida a un niño, pregúntale a la madre de ese niño si cambiaría eso por una visita de Salvatore al hospital.

–Bueno, lo defiendes con mucha pasión y espero que él lo aprecie.

–¡No se lo digas! No le gustaría nada.

–Claro que sí –dijo Carla riéndose–. Y tú eres muy sensata al guardártelo. Todas hemos estado un poco enamoradas de Salvatore, pero al final acabas superándolo.

–No tengo nada que superar. Sólo pensar en enamorarme de él me da ganas de reír.

–Eso es lo que dicen todas, pero muy pocas acaban riendo. No te preocupes. Tu secreto está a salvo conmigo.

–No hay ningún secreto y deja de intentar hacerme decir cosas que te den algo de que hablar.

Clara se rió.

–Es que no puedo creerme que haya conocido a la única mujer que es inmune a sus encantos.

–Pues créelo.

–Está bien, lo haré.

Clara se terminó su copa y se levantó.

–Ahora tengo que irme. Me ha encantado hablar contigo –dijo dándole un beso en la mejilla.

Arriba, en su habitación, Helena se dejó caer en la cama y miró al techo pintado.

Lo que Clara había dicho era una tontería. Estaba demasiado bien armada contra Salvatore como para sucumbir a la emoción. La abrasadora pasión que despertaba en ella era otra cosa distinta; no tenía nada que ver con el amor y se alegraba de poder separar las dos cosas.

Pero entonces recordó cómo le había molestado oír que difamaban a Salvatore, tanto como para salir en su defensa y hablar sin pensar. Había querido protegerlo. ¿Protegerlo? ¿Al hombre que estaba intentando arruinarla cuando no intentaba someterla a su pasión? ¿Estaba loca?... Tal vez.

Una vez fuera del hotel, Clara sacó su teléfono móvil y llamó al amigo que estaba esperando su llamada y que a su vez llamó a otros amigos haciendo que, en diez minutos, la noticia ya hubiera recorrida toda Venecia.

–Acabo de hablar con ella –dijo– y es obvio que no sabe nada... No, en serio, cree que es un hombre de honor, pobre inocente. No, no le he dicho nada, esperaremos hasta que ella descubra lo que Salvatore ha hecho... Oh, Dios mío, ¡será un gran día! ¡Se va a armar una buena!

Capítulo 9

AHORA todo el mundo reclamaba a Helena de Troya y voló a Inglaterra para una sesión de fotos que ofrecía demasiado dinero como para rechazarla. A su regreso, le dio a cada trabajador una paga extra, y una especialmente generosa para Emilio, cuya lealtad había mantenido la fábrica a flote.

La única pega que veía era que Salvatore no podía celebrarlo con ella ya que había tenido que salir en viaje de negocios.

—Estoy deseando verte en la *festa* mañana –le dijo él cuando la llamó por teléfono–. Mi secretaria, Alicia, te irá a buscar.

Al día siguiente, Salvatore la esperaba junto a su barco, pintado en color oro y con remeros vestidos con ropa medieval. Ya estaba lleno de gente que ella supuso serían su familia y que la miraron con interés, especialmente los más jóvenes. Uno de ellos silbó.

—¡Esos modales! –le reprendió Salvatore.

—Pero no pretendía faltarle al respeto –protestó el chico–. Sólo era un cumplido.

—No me ha molestado –dijo Helena riendo.

Pero el enfado de Salvatore no pareció aplacarse.

—Esta señora es nuestra invitada y la trataremos como se merece.

Le dio la mano para ayudarla a subir a bordo y la llevó hasta un asiento. Al verlo tenso, casi furioso, se quedó desconcertada y se preguntó si le preocuparía haberla invitado.

La música a lo lejos indicaba la llegada de la procesión que se dirigía al Bucintoro, el barco en que viajaría el alcalde de la ciudad y tras el que todos los barcos zarparon.

–Ésta es mi abuela –le dijo Salvatore–. Estaba deseando conocerte.

La mujer la observó y la saludó en veneciano y, cuando Helena respondió en la misma lengua, la *signora* no pareció muy contenta, como si le hubiera salido mal la jugada.

A ella la siguió una procesión de sobrinos, primos e hijos, tantos que Helena perdió la cuenta. Cuando terminó de saludarlos fue hacia la proa, desde donde podía contemplar la laguna mientras sentía el viento en su cabello. Al girar la vista vio a Salvatore, que la estaba observando y que al instante giró la cara para mirar al horizonte, como si quisiera ocultarle lo que estaba pensando.

–¡Maldita sea! ¿Qué están haciendo aquí? –gritó Salvatore de pronto, al ver una lancha motora con fotógrafos.

–Lo que hacen siempre –comentó un hombre mayor que tenía al lado–. La prensa local y la televisión siempre cubren la *festa* y en esta ocasión tienen algo especial en lo que centrarse –añadió a la vez que le guiñaba un ojo a Helena, que le devolvió el mismo gesto.

–Salvatore, preséntame a mi prima –dijo el hombre.

–No sois primos exactamente...

–Bueno, es un término que cubre muchos significados –respondió el hombre riéndose–. He venido hoy para ver a qué se debía tanto revuelo y me alegro de haberlo hecho. Ya que Salvatore no lo hace, me presentaré yo. Soy Lionello. Apreciaba mucho a su marido y le doy la bienvenida a la familia.

–¡Mucho gusto en conocerle! –exclamó ella–. Antonio me habló de usted y de todas las travesuras que hicieron juntos.

El hombre, encantado, le presentó también a su esposa.

–Qué amable ha sido la familia al recibirme tan bien –le murmuró Helena a Salvatore.

–Bueno, parte de ella. Todas las mujeres que hay aquí te estrangularían con mucho gusto. Tal vez esto no haya sido tan buena idea.

–Tonterías, ¿qué puede pasarme si tú estás aquí para protegerme? –le preguntó riéndose.

La Isla de Lido podía verse en el horizonte. Pronto estaban acercándose a un extremo de ella, al punto donde se celebraría la ceremonia. Cuando todos los barcos estuvieron allí, el alcalde tomó el anillo y lo arrojó al mar diciendo:

–*Ricevilo in pegno della sovranitá che voi e i successori vostri avrete perpetuamente sul mare.*

–¿Lo has entendido? –le preguntó Salvatore a Helena en voz baja.

–Ha dicho: «Recibe este anillo como muestra de soberanía sobre el mar que tú y tus sucesores tendréis eternamente».

Pero el alcalde tenía algo más que añadir:

–*Lo sposasse lo mare sì come l'omo sposa la dona per essere so signor.*

–¡Vaya! –dijo Helena.

–Supongo que eso lo has entendido también.

–Oh, sí.

–«Cásate con el mar como un hombre se casa con una mujer y pasa a ser su señor» –dijo Lionello–. Aunque estoy seguro de que Antonio nunca la trató como si fuera su señor.

–Ni siquiera lo intentó –respondió Helena mientras

recordaba al esposo que había amado de un modo que la mayoría de la gente no entendería.

–Supongo que era usted la que estaba al mando –se atrevió a decir el hombre.

–Por supuesto. Ésas eran mis condiciones. Una sumisión completa por su parte.

–Eso es porque es una mujer moderna. Yo siempre he insistido en ser el amo y señor en mi matrimonio.

–Anda, ven aquí, viejo tonto –le dijo su mujer.

–Sí, querida. Ya voy, querida.

Cuando se habían ido, Helena miró a Salvatore, que le preguntó:

–¿Así que sumisión completa?

–Eso siempre lo has sabido.

–Tal vez sí.

Ella sonrió, animándolo a compartir la broma, pero la sonrisa que Salvatore le devolvió fue algo forzada.

–Antonio tenía sentido del humor.

–¿A la vez que se mostraba sumiso?

–No seas tonto. Nos turnábamos. Él siempre se reía y me gastaba bromas y al final yo normalmente acababa haciendo lo que él quería.

–¿Normalmente?

–No siempre, pero sí muy a menudo. Me encantaba su actitud. ¿Sabes? Si más hombres se dieran cuenta de lo mucho que nos gusta a las mujeres reírnos...

–¿Más hombres harían el payaso para complacerte? –dijo él fríamente.

Ella suspiró y decidió dejarlo pasar. No había nada que pudiera hacer para cambiar ese carácter.

La multitud comenzó a desembarcar en dirección a la iglesia y cuando la ceremonia comenzó, Helena miró a su alrededor y recordó lo que Antonio le había contado sobre momentos como ése.

–Los niños nos aburríamos y nos portábamos mal

hasta que nos echaban de la iglesia y nos íbamos a jugar a la playa. Siempre fui un chico bastante malo.

–No has cambiado –le había respondido ella. Y así había sido; hasta el último día había seguido siendo ese diablillo que ella tanto amaba.

Los ojos se le llenaron de lágrimas y los cerró. Cuando volvió a abrirlos, Salvatore estaba mirándola, impactado.

–¿Estás bien? –murmuró cuando salieron de la iglesia.

–Sí, es sólo que de pronto he empezado a pensar en Antonio. Crees que no lo echo de menos porque me río y bromeo, pero te equivocas. Si supieras lo equivocado que estás.

–Puede que esté empezando a entenderlo –respondió el con delicadeza.

–Solía hablarme de este lugar, de la preciosa playa y de cómo algún día pasearíamos por ella. ¿Te importaría si no vuelvo con vosotros al barco? Me gustaría quedarme aquí un rato.

–No quiero dejarte sola.

–Estaré bien. Te veré esta noche en el *palazzo*.

–Está bien –Salvatore cedió, aunque no se quedó muy contento con la idea.

Helena se despidió de todos, les prometió que los vería por la noche y dejó que Lionello le besara la mano. Después, se quedó allí viendo cómo se alejaban los barcos.

Aunque nunca había estado en esa playa con él, descubrió que era un lugar maravilloso para recordar a Antonio. Allí podía estar sola, pasear por la arena dorada que parecía extenderse kilómetros, escuchar las olas y llevar a su marido en el corazón.

–Ojalá estuvieras aquí conmigo. Cuánto nos reiríamos de cómo me miran tus primos. Te encantaría y me

animarías a coquetear con ellos, pero después disfruta-
rías más cuando nos vieran marcharnos juntos. Oh,
caro, te echo tanto de menos.

Era curioso cómo la pasión que había encontrado
con Salvatore no había logrado disminuir su anhelo
por Antonio. Había más de una clase de amor.

Amor. Había amado a Antonio. En el caso de Salvatore, se resistía a contemplar esa palabra, pero ahí
estaba.

No, no lo amaba. Lo suyo no era amor y no tenía
nada de qué preocuparse.

Con esa idea clara, atravesó la isla hasta el embarcadero y allí subió al ferry que la devolvería a Venecia.

En el *palazzo* Veretti, el salón de banquetes resplan-
decía. Dos mesas largas ocupaban el centro de la gran
sala montadas con la porcelana y el cristal más finos.

Helena se había engalanado con sobriedad para la
ocasión; llevaba un vestido negro largo de dos piezas
con un escote discreto que, por otro lado, no ocultaba
ningún aspecto de su belleza porque eso resultaba imposible.

La sentaron entre Salvatore y su abuela, que no podía ocultar la hostilidad que sentía hacia ella a pesar de
profesarle un gran afecto a la memoria de Antonio y
de decir que estaba encantada de haber conocido a su
viuda. Por eso Helena se alegró cuando el baile comenzó y pudo huir de su lado.

Le concedió el primer baile a Lionello, después a su
hijo y luego a uno de sus nietos, un chico de diecinueve
años que mostraba con mucho descaro cómo suspiraba
por ella. Al joven le siguieron muchos otros, todos
compitiendo por el derecho de tener en sus brazos a

Helena de Troya. Franco, el hombre que había anotado las apuestas durante la subasta, pasó por delante de ella diciendo:

–Voy a sacar una fortuna con esto.

–¡Franco, no te atrevas! –le dijo Helena.

–No puedo evitarlo.

–Bueno, pues asegúrate de que donas algo al hospital –le gritó mientras el hombre se alejaba bailando antes de que un grupo de gente lo rodeara.

Antonio parecía estar tras ella ese día. Había estado en la Isla de Lido y ahora volvía a estar allí, recordándole noches como ésa en la que había presumido ante todos de ser su esposo.

–¿Y te hice sentirte orgulloso, verdad? –susurró ella.

–¿Cómo dices? –le preguntó su pareja de baile.

Sorprendida, ella alzó la vista y se encontró en los brazos de Salvatore.

–Tu última pareja se estaba exhibiendo a tu lado. Apenas te has dado cuenta.

–Lo siento... estaba pensado en otra cosa.

–¿En otra cosa o en otra persona? –preguntó con un frío y severo tono que la hizo enfadarse.

–No me interrogues. Soy dueña de mis pensamientos, aunque no lo creas. Hoy te estás comportando de un modo muy extraño.

Él lo sabía y estaba furioso consigo mismo por haberlo dejado ver. Durante todo el día había visto a la gente mirándola y después mirándolo a él con envidia. En otro momento habría disfrutado siendo el acompañante de la mujer más bella, pero ahora odiaba que otros hombres miraran a Helena. Sabía lo que estaban pensando, que imaginaban estar haciendo el amor con ella y, por lo que a él respectaba, estaban traspasando su propiedad privada.

–¿Por qué estás tan serio conmigo?

–Porque no soy Antonio.

–¿Y qué significa eso?

–Que a diferencia de él, no me hace gracia verte alardeando ante otros hombres.

–¿Cómo te atreves?

–No te hagas la inocente. Sabes muy bien lo que has estado haciendo.

–Si lo he hecho, ha sido por él, a modo de despedida.

–Una excusa muy astuta, aunque no es lo suficientemente buena.

–Hago lo que me place, con o sin tu permiso. No intentes ordenarme nada porque no lo toleraré.

Él la agarró con más fuerza.

–¿Que no...?

–Ha sido un día largo. Creo que me iré pronto.

–¿Vas a hacerme un desaire delante de todo el mundo?

–No digas tonterías. Me voy ahora mismo.

–Preferiría que no lo hicieras.

–Me marcho ¡ahora!

–¿Crees que te lo voy a permitir? –se dio cuenta demasiado tarde de que no debería haber pronunciado esas palabras.

–¿Quieres probar? Iré hacia la puerta, intenta detenerme y veremos quién de los dos sale peor parado.

–*Strega!* –ya la había llamado bruja antes, pero en aquella ocasión había sido a modo de cumplido. Ahora sonó como una palabra cargada de veneno.

–Buenas noches, *signor* Veretti. Gracias por una noche tan agradable, pero debo irme ya. Me despediré de tu familia y después me iré.

–¡No lo harás!

–¿Es que vas a insistir?

Por un momento Helena creyó que se pondría a discutir con ella allí mismo, pero él se controló a tiempo, no sin antes lanzarle una advertencia con la mirada diciéndole que eso no quedaría así. Después, con mucha educación, le ofreció a su barquero para que la llevara al hotel.

–No, gracias. Prefiero ir paseando.

–Yo te acompañaré...

–No, iré yo...

–Yo me he ofrecido primero...

Mientras los jóvenes competían por ir con ella, Salvatore la agarró por el brazo y le susurró:

–¿Vas a estar tan loca de irte con ellos?

–No te preocupes. Si alguno se me acerca demasiado, los demás lo tirarán al canal. Buenas noches.

Y así se marchó, seguida por una multitud.

Tal y como había supuesto, sus admiradores se comportaron y ya en el hotel les recompensó tomándose una copa con ellos en el bar antes de retirarse a su habitación y de negarse categóricamente a que la acompañaran arriba.

Exactamente una hora después alguien llamó a su puerta. La abrió y, tal y como había esperado, allí estaba Salvatore.

–Supongo que sabías que vendría –le dijo una vez dentro.

–Me lo imaginaba.

–¿Qué demonios creías que estabas haciendo?

–Ser una buena invitada y pasármelo bien.

–Tú lo has pasado bien y también todo el mundo viendo cómo te exponías.

–Si pretendes que me lo tome como un insulto, no lo has conseguido. Así es como me gano la vida, exponiéndome.

Eso lo enfureció del todo y ella se alegró de verlo. Tal vez estaba corriendo un riesgo al provocarlo, pero no le importaba. Se sentía poderosa, desesperada por provocarlo más y más.

–Pero claro, tienes que saber cómo hacerlo... lo mejor es ser sutil.

Se quitó la falda y la tiró al suelo. Salvatore la observaba respirando entrecortadamente y le quitó la parte de arriba de un tirón. Después, se desnudó y la tendió en la cama.

–¿Y si ahora te pidiera que te fueras? –le preguntó ella.

–¿Es que vas a insistir? –repitió sus palabras de antes.

Delicadamente, Salvatore la despojó de su ropa interior negra y por fin se situó entre sus piernas y se adentró en ella, sin permiso, llenándola, poseyéndola.

Algo dentro de ella explotó. Ya recuperaría su independencia más tarde, ya lo desafiaría y lo retaría, pero por el momento estar con él era lo único que le importaba.

–¿Qué dices ahora? –le preguntó él.

Lentamente, ella giró la cabeza sobre la almohada, lo miró a los ojos y murmuró:

–Lo que digo es... ¿por qué has tardado tanto en venir?

Capítulo 10

ESTABAN tumbados en la oscuridad. Ya casi estaba amaneciendo y se habían amado hasta el agotamiento. Pero ahora simplemente estaban tumbados, desnudos, descansando.

—Tendré que volver pronto y pasar el día desempeñando mi papel de anfitrión. Pero mañana por la mañana se irá el último de los invitados y entonces vendré directamente aquí. Quiero estar a solas contigo.

—Suena de maravilla, pero ¿es posible estar a solas en Venecia?

—Lo es donde voy a llevarte.

—¿Y qué lugar es ése?

—Espera y verás —le respondió sonriendo—. Lo único que te diré es que... lleves ropa cómoda.

—Define «cómoda».

—Camiseta y pantalones.

A regañadientes, Salvatore salió de la cama y comenzó a recoger su ropa del suelo. Cuando había terminado de vestirse, se sentó en la cama y le tomó la mano.

—Lo siento si antes he dicho algo que haya podido ofenderte.

—Lo sé —Helena se sentó en la cama y apoyó la mejilla en su hombro—. A veces las cosas se nos van de las manos.

—Gracias. Eres muy generosa.

—Por cierto, cuando llegues a casa, no entres de puntillas. Asegúrate de que todo el mundo sepa que has estado fuera durante horas.

–¿Quieres decir...?

–¡Así esos jovencitos sabrán que has conseguido lo que ellos no han logrado!

–Eres una mujer muy, muy malvada –le respondió él entusiasmado antes de besarla.

–Lo sé, ¿no te parece divertido? Ahora vete. Necesito dormir mucho antes de volver a ser malvada.

Helena pasó la mayor parte del día durmiendo y descansando y a la mañana siguiente recibió un mensaje de Salvatore diciéndole que estuviera preparada a las diez en punto. Y a esa hora exactamente llegó él conduciendo una gran lancha motora blanca.

–Me dijiste que me pusiera pantalones –se defendió Helena ante su mirada de sorpresa.

–Pero no unos de cadera tan baja y tan ajustados que... bueno...

–Son los únicos que tengo.

–Ya. Bueno, sube, que yo intentaré concentrarme en conducir. No será fácil, pero lo intentaré.

Hacía un día maravilloso, lleno del encanto de los días del inicio del verano.

–¿Adónde vamos? –gritó ella por encima del ruido del motor.

–A una de las islas.

Helena sabía que había multitud de islas en la laguna, lugares tan pequeños que nadie vivía allí.

–Es diminuta –dijo al llegar, impresionada.

–Así es. Vamos hasta esos árboles, desde ahí podrás verla entera.

–Es una maravilla. ¿Es tuya? –preguntó una vez llegaron a los árboles, desde donde podía divisarse Venecia a lo lejos.

–Sí. Era de mi madre. Me traía aquí cuando era pequeño y me prometió que algún día sería mía. Dijo que era un lugar en el que refugiarte cuando el mundo se te hacía demasiado grande. Y tenía razón.

–No puedo imaginarme que alguna vez hayas pensado que el mundo era demasiado para ti.

–Claro, pero aquí puedes esconder tus debilidades para luego resurgir más fuerte ante la gente.

Fue como si Salvatore hubiera abierto una diminuta ventana a su interior, como si fuera un hombre distinto. Pero volvió a cerrarla otra vez diciendo:

–Deja que te enseñe la casa. Está allí, detrás de esos árboles.

Era tan pequeña y sencilla que Helena ni siquiera se había percatado de que estaba allí.

De camino a la pequeña construcción, él le tomó la mano y, al llegar, Helena comprobó que a pesar de su aislamiento, tenía todo tipo de comodidades, incluso agua corriente, electricidad y calefacción.

–Entonces aquí podrías tener un ordenador para trabajar.

–Nada de ordenadores. Tengo un teléfono móvil para que puedan contactar conmigo en caso de emergencias y una radio, pero nada más.

Encantada, pudo ver que ése lugar estaba diseñado para que una persona se evadiera del mundo.

Estando en la cocina, Salvatore sacó una bolsa que había llevado y que contenía pan fresco, patatas, un par de bistecs y ensalada.

–Espera a probar cómo cocino.

–¿Un hombre que vive en un *palazzo* sabe cocinar? No me lo creo.

–¿Me estás desafiando?

–Si quieres verlo de ese modo...

Se puso manos a la obra mientras ella echaba un vistazo por la casita, que tenía dos dormitorios, un salón y una pequeña librería, todo ello con un mobiliario muy sencillo, nada que ver con el lujo que normalmente rodeaba a Salvatore.

Comieron en la terraza con vistas al mar.

–Sienta bien alejarse un poco antes de que empiece a tener mucho trabajo. Voy a presentar una nueva línea de cristal en pocos días.

–Yo la lanzaré un poco más tarde. Emilio está emocionado con la idea.

–Muchos compradores vienen a adquirir la colección y harás la mitad de tus ventas esa primera semana. Te irá bien. Tu colección es muy buena.

–No voy a preguntarte cómo lo sabes, aunque no he olvidado que entras y sales de Larezzo como si fuera tuya.

–Eso lo hacía antes. Ahora no me atrevería.

–¡Hum!

–No te fías de mí, ¿verdad? –preguntó él riéndose.

–¿Podemos hablar de esto en otro momento? Me siento muy bien y no quiero estropearlo.

–Tienes razón. Los temas de negocios no deberían mencionarse en este lugar.

–Creo que aquí tienes un pequeño mundo maravilloso.

Salvatore asintió.

–Hay noches en las que me siento aquí y veo las luces a lo lejos. Es como estar solo y estar en Venecia al mismo tiempo.

–Es como estar viviendo tu vida y alejarte, a la vez, para verte como te ve el resto del mundo.

–Sí, es exactamente lo que intentaba decir. Supongo que sabes mejor que yo qué es eso de verte a través de los ojos de los demás.

–Sí. A veces me siento como si hubiera cincuenta versiones diferentes de mí y ninguna de ellas fuera realmente yo, pero debo llevar dentro algo de esas terribles mujeres.

—¿Por qué las llamas terribles cuando se sabe que son bellas? ¿Es que la belleza es terrible?

—Puede serlo cuando la gente te mira y no ve nada más. Hay millones de mujeres que lo darían todo por tener lo que tengo. Mi vida es fácil comparada con la de muchas, pero a veces... a veces pienso en sus vidas sencillas, con sus hijos y sus maridos, que las aman como son y no por su aspecto, y creo que son más afortunadas que yo.

Él no dijo nada, pero le tomó la mano y se la acarició con ternura, haciéndola preguntarse si ese hombre tranquilo y delicado podía ser el mismo que disfrutaba atormentándola hasta hacerla llegar al clímax.

Pero él también tenía muchas caras.

—Tú también debes de sentir lo mismo. La gente cree que te conoce, pero no es así.

—Es verdad, aunque no puedo culparlos. Les muestro lo que quiero que vean y ellos se lo creen.

—Y ¿de qué te sirve eso?

—Me siento seguro, supongo.

—¿Pero a qué precio? ¿Te merece la pena?

—A veces creo que he hecho lo correcto no bajando la guardia.

—¿Y por qué tienes que hacer eso? ¿Crees que el mundo se acabaría si te relajaras y confiaras un poco en la gente?

—He visto los mundos de otras personas llegar a su fin por confiar y luego descubrir que no tenían el destino en sus manos. A mí eso nunca me pasará. Mi destino está en mis manos, en las de nadie más.

—Ven conmigo —le dijo ella apretándole la mano.

Él se levantó y dejó que lo llevara hasta el dormitorio más grande.

Rápidamente se desnudaron y se echaron sobre la cama, pero a diferencia de la última vez, a Salvatore ahora se le veía casi vacilante.

Helena estiró los brazos por encima de la cabeza y suspiró. Al instante él puso una mano entre sus pechos y fue moviendo los dedos lentamente hasta su pecho derecho, deteniéndose, avanzando un poco más, hasta que llegó al pezón y comenzó a acariciarlo.

—¿Me deseas? —le preguntó él.

—¿Tú qué crees?

—Respóndeme.

—No me digas que un hombre con tanta experiencia como tú necesita preguntar.

—Una mujer puede decir una cosa con su cuerpo y otra con sus labios. Y lo hace deliberadamente para confundir a un hombre.

—Entonces, ya que no se puede confiar en mis labios, no tienes por qué oír lo que sale de ellos —dijo ella con la voz entrecortada por la excitación.

—Es verdad, voy a darles otro uso —dijo antes de besarla.

Helena sintió sus labios descender hasta su cuello, justo debajo de su oreja, donde él sabía que era especialmente sensible.

—Ahhh —gimió al sentir su lengua atormentarla tan deliciosamente—. No pares.

—No voy a parar. Voy a besarte por todas partes. Y después, tal vez pare... o tal vez no.

Ahora él se movió hasta uno de sus pechos y a medida que lo besaba, que lo acariciaba con la lengua, ella comenzó a sentir un fuego en su interior tan intenso que pensó que llegaría al clímax demasiado pronto, aunque él no dejaría que eso sucediera; siempre se retiraba en el momento justo para luego volver con su suave asalto. Era una especie de tortura, una tortura deliciosa.

–No me hagas esperar demasiado –le pidió ella con la respiración entrecortada.

–Ten paciencia.

–No puedo.

–Entonces te obligaré –dijo, y se apartó para mirarla con una sonrisa en los labios.

Helena intentó llevarlo hacia sí, pero era inútil, él se resistía. Desesperada, llevó la mano hasta debajo de su cintura; estaba excitado, preparado, pero se resistió otra vez, agarrando las manos de Helena y sujetándoselas por encima de la cabeza sobre la almohada.

–Suéltame.

–No, así me siento más seguro. ¿Quién sabe qué podrías hacerme si te suelto?

–Sé lo que me gustaría hacer.

–No vayas tan deprisa. Lo mejor está aún por llegar.

La soltó, pero se apresuró a tenderla boca abajo para comenzar a acariciarle y besarle la nuca.

–¿Quieres que pare?

–Si lo haces, estás muerto.

Él se rió mientras iba deslizando las caricias por su espalda hasta llegar a su cintura y a sus nalgas, sin levantar los labios de su piel.

–Deja que me dé la vuelta –le pidió ella.

–Cuando esté preparado.

–¡Maldito seas! –exclamó Helena golpeando la almohada.

Él se rió de nuevo.

–Eso me lo han dicho muchas veces, pero nunca en estas circunstancias.

Helena giró la cara y lo miró y, cuando él se apartó, aprovechó la oportunidad y se dio la vuelta, lo agarró y lo tendió sobre su cuerpo. Él se deslizó entre sus piernas y entró en ella dándole, por fin, lo que tanto había deseado. Había estado a punto de perder la cabeza esperando y eso, por supuesto, era lo que Salvatore había pretendido.

Había vuelto a ganar, pero a ella no le importaba. No le importaba. ¡No le importaba!

Nada le importaba, le dejaría ganar con tal de poder sentirlo dentro, sentir que ese hombre le pertenecía.

Helena se había esperado estar sola al despertar, imaginando que Salvatore se apartaría de ella una vez hubiera conseguido lo que quería. Por eso se sorprendió al verlo allí, sentado en la cama, con los ojos fijos en ella.

Sí, es cierto que enseguida desvió la mirada, lo había pillado desprevenido, pero tuvo tiempo de ver su expresión antes de que pudiera ocultarla. Alargó la mano y le acarició el brazo.

–Te has despertado muy pronto –le dijo él–. Apenas ha amanecido.

–Bueno, siempre puedo volver a dormir.

Con una sonrisa, él levantó las sábanas y observó su desnudez.

–Eso si te dejo.

El deseo de Salvatore por ella no había disminuido, tal y como ella había pretendido, lo cual significaba que estaban empatados.

De pronto, el teléfono móvil de Salvatore sonó estropeando ese momento tan especial.

–¿Por qué no se me ocurrió apagarlo? –gruñó antes de añadir–: Bueno, claro, porque tú me diste algo más en que pensar.

Los dos se sonrieron, pero el gesto de Salvatore cambió nada más responder.

–¿Qué? ¿Cómo es posible? Lo dejé muy claro... que se vayan al infierno. Ahora no puedo ir... Está bien, supongo que tendré que...

Helena salió de la cama y buscó su ropa. La magia había llegado a su fin, pero estaba segura de que volvería y con eso le bastaba, por el momento.

–¡Maldita sea! –exclamó él después de colgar–. Tendría que haberlo apagado y haberlo dejado así días.

–¿Días? ¿Es que íbamos a estar días aquí?

–Bueno –dijo con una sonrisa–. ¿Quién sabe lo que podría haber pasado? Pero ahora tengo que volver a Venecia y marcharme a Suiza para asistir a una reunión.

–¿A Suiza? ¿Por cuánto tiempo?

–Unos días, tal vez una semana. Pero imagínate todas las maldades que puedes planear durante mi ausencia. Seguro que cuando vuelva me habrás echado del negocio.

–En absoluto. Yo juego limpio y esperaré hasta que vuelvas para echarte del negocio.

Salvatore sonrió y la besó en los labios.

–Odio tener que separarme de ti. Sobre todo ahora.

Ella asintió, no hicieron falta más palabras. Los dos se entendían.

En pocos minutos ya estaban en la lancha y a medida que se aproximaban a la Plaza de San Marcos, Salvatore aminoró la marcha.

–Una vez que tomemos tierra, volveremos a ser los de antes.

–Pero cuando vuelvas...

–Sí, cuando vuelva habrá muchas cosas que decir. Pero por el momento te diré sólo una: eres la primera persona que he llevado a la isla. Y eso me alegra mucho. ¿Lo entiendes?

–Sí. Lo entiendo.

La llevó hacia sí y la besó; no fue un beso apasionado, sino delicado, como los que habían compartido en la isla. Con él le estaba recordando cómo podía hacerle sentir y cómo ella podía hacerle sentir a él. Le estaba diciendo que no olvidara que volvería a buscarla.

La llevó al hotel y se despidió de ella sin besarla, tal y como Helena se había esperado. Lo que estaba creciendo entre ellos no estaba hecho para los ojos de los extraños.

Era la época del año en la que los fabricantes de cristal sacaban sus colecciones a la luz. Helena sabía que podía estar orgullosa de las nuevas piezas de Larezzo, pero lo que no podía hacer era dormirse en los laureles.

–Necesitamos un horno nuevo, como el de Salvatore.

–Será caro –le dijo Emilio.

–Lo sé. He posado para algunas fotografías, aunque para conseguir todo ese dinero tendría que aceptar trabajos más importantes y para ello tendría que volver a Inglaterra, al menos durante un tiempo.

–Y no quieres marcharte de Venecia.

–Supongo que no –respondió ella entre suspiros–. Pero tampoco quiero rendirme. En cierto modo... aún sigo luchando contra él.

–¿En cierto modo? –dijo Emilio sonriendo.

–Bueno, eso guárdatelo. No pienso mezclar lo personal con lo profesional.

Era fácil decirlo; lo que había entre Salvatore y ella era algo a lo que no podía poner nombre, pero que la hacía feliz, y le resultaba fácil pensar que las cosas funcionarían.

Pero eso fue antes de ver el periódico.

Cada día mostraba la colección de una de las fábricas y ese día le había tocado el turno a Perroni, haciendo especial hincapié en una figura de cristal. Era hermosa, la pieza más maravillosa que Perroni había hecho nunca, según decía todo el mundo.

La mujer desnuda, hecha de cristal, estaba estirada hacia atrás con los brazos por encima de la cabeza, una postura que remarcaba sus pechos voluptuosos. Su rostro estaba carente de rasgos, pero el cabello le caía sobre los hombros y casi le llegaba a la cintura. Había muchas fotografías de la figura y debajo de ellas se podía leer: «Helena de Troya».

El periódico había escrito un artículo diciendo que no era coincidencia el hecho de que la fábrica de Salvatore hubiera creado esa pieza después de que a los dos se les hubiera relacionado durante la celebración de la *Festa della sensa*. Además, según el periodista, ya se estaban haciendo pedidos de la pieza por adelantado que le generaría una verdadera fortuna a la fábrica.

Helena leyó el artículo varias veces.

—¡Imbécil! ¿Hay en el mundo alguien más imbécil que yo? ¡Se ha estado burlando de mí todo el tiempo y me ha convertido en el hazmerreír de Venecia!

Cuando estuvo más calmada, volvió a leer el artículo con detenimiento. Estaba escrito inteligentemente y sugería que Salvatore se había inspirado en ella movido por el romanticismo; no se mencionaba nada sobre la sangre fría con que lo había calculado todo.

Sangre fría. Esas palabras generaron una extraña sensación en su interior y le hicieron recordar aquellos primeros momentos en los que él se había mostrado tan frío y, aun así, le había despertado en su interior un ardiente deseo, una pasión que ella no sabía que existiera.

Después de años siendo una figura de hielo, había descubierto que era una mujer intensamente sexual y todo porque un embustero había jugado con ella. Él la había advertido, pero ella se había negado a creerlo porque al mismo tiempo había tenido la sensación de que nada tenía que ver con el cuerpo y todo con el corazón.

Amor. No se había atrevido a ponerle nombre, pero ahora esa palabra parecía estar burlándose de ella. La calidez y ternura que había crecido en su interior, aquel momento en que había salido en su defensa delante de Carla... había pensado que era amor.

Y mientras, él había estado al acecho, estudiándola para descubrir el mejor modo de utilizarla. Se le hizo un nudo en la garganta al recordar la mañana que despertó y él la estaba mirando con ternura... aunque en realidad estaría calculando todo el dinero que ganaría lanzándola al mercado.

¡Cómo había parecido adorar su cuerpo! ¡Con cuánta pasión! Mientras que lo que estaba haciendo en realidad era tomar notas, apuntar todos los detalles para sacarle beneficio.

Antonio la estaba mirando desde la fotografía que había sobre la mesa.

—Me advertiste de cómo era y yo no te hice caso. Pero eso ya se ha acabado.

Se levantó.

—Ahora sé lo que tengo que hacer.

Capítulo 11

UN DÍA más tarde Salvatore regresó y la llamó de inmediato.

—Me gustaría verte ahora mismo. Hay algo de lo que tenemos que hablar.

—Estoy de acuerdo. Voy para allá...

—Preferiría...

Pero Helena ya había colgado y tras un corto paseo llegó al *palazzo*.

—El señor Veretti está en su despacho —dijo la doncella.

Salvatore le abrió la puerta. El periódico estaba abierto encima de su escritorio.

—Sé lo que estás pensando...

—Si de verdad supieras lo que pienso de ti, te morirías.

—No te culpo por estar enfadada. Desde que vi esa cosa en el periódico he estado intentado pensar en cómo explicártelo...

—¿Pero por qué molestarte? Los dos sabemos cómo son las cosas. Me alegro mucho de haberte sido de utilidad.

—Helena, te juro que esa pieza se diseñó hace varias semanas, antes de conocerte.

—¡Qué coincidencia tan desafortunada! Por favor, Salvatore, no insultes a mi inteligencia.

—Es la verdad. Eres dueña de una fábrica, sabes el tiempo que lleva crear una de estas figuras.

–Nosotros creamos la cabeza de demonio en dos días.

–Eso se hace en circunstancias excepcionales, pero te digo que ésta la creamos semanas antes de conocerte. No hay ninguna relación.

–¿Y el nombre? ¿Helena de Troya?

–No se me ha ocurrido a mí. Algún periodista se lo puso a las imágenes para hacerse el listo. Es inevitable todo el revuelo que se ha formado y que lo hayan relacionado contigo después de habernos visto juntos, pero yo no he tenido nada que ver. Ha sido un maligno truco del destino.

–¿Maligno? ¿Desde cuándo sacar beneficios económicos es algo maligno? ¿Es verdad que esta pieza se está vendiendo más que ninguna otra?

–Sí. Es verdad, pero yo no he tenido nada que ver. Te pido que me creas, Helena. Por favor.

Ella se le quedó mirando; no estaba segura de haberle oído decir «por favor».

–Te lo suplico –añadió Salvatore.

De pronto Helena se encontró en una encrucijada; podía elegir el camino de creerlo, de amarlo, de confiar en él corriendo el riesgo de sufrir una traición que la destruiría o podía elegir la otra dirección, la de llamarlo mentiroso, marcharse y quedar a salvo para siempre de sus maquinaciones.

–¿Cómo puedo creerte cuando no has dejado de presumir de que no te detendrías ante nada para sacar lo mejor de mí? Si creo en tu inocencia después de esto...

Lo miró. Salvatore estaba pálido.

–Puedes pensar eso o puedes recordar algunas de las cosas que... últimamente... Bueno, cada uno recuerda lo que quiere.

–Yo no quiero recordar nada –le gritó–. Has hecho esto, ha sucedido...

–Pero también han sucedido otras cosas. Los dos lo sabemos. ¿Es que ya no importan?

–No lo sé.

–¿Es que no vas a creerme, no vas a confiar en mí si te digo que todo esto ha sido un desafortunado accidente?

–No. No confío en ti. Me has dado demasiadas razones como para no hacerlo. Pero mejor así, ahora podemos dejar de engañarnos. Será una batalla a muerte. Es mucho más sencillo.

–Batalla a muerte –asintió él–. Sin restricciones. Tal vez siempre fue inevitable.

Algo había cambiado en él. La ternura con la que le había suplicado que le creyera ahora había dado paso a una mirada que sus enemigos habrían reconocido y temido.

Pero Salvatore no podía ver cómo su rostro reflejaba ese cambio. Lo único que sabía era que por esa mujer había hecho lo que no había hecho por ninguna otra. Había dicho «por favor». Incluso había suplicado.

–Sin restricciones –repitió ella–. Me has hablado de confianza y ahí, en esa fotografía, tienes la prueba de que has mentido.

–No digas eso, te lo advierto...

–Me estás advirtiendo, ¡qué típico! Te haces el inocente mientras ganas dinero a mi costa.

–A costa de tu cuerpo, que es lo mismo que tú has estado haciendo durante años.

–¡Porque es mío! ¡Es mi cuerpo!

–Ah, sí, claro. Tu cuerpo es tu propiedad. Se puede alquilar durante una noche, pero la única que puede sacar dinero con él eres tú.

–Eso es. Y puedes estar seguro de que eso es lo que voy a hacer. Voy a aceptar todas las ofertas y, créeme, son muchas. Y en algunas llegaré más lejos de lo que he ido jamás...

–Pero ésas son las que dan más dinero. Cada prenda que te quites tiene su precio. Deberías aprovechar todas las oportunidades. Perdona por ser tan negligente con las tarifas. Toma.

–¿Qué es esto? –preguntó ella al ver un cheque que él acababa de rellenar.

–Los royalties. Después de todo, he hecho uso de tu cuerpo sin pagar por él como hacen los otros clientes, así que ya estamos en paz. Espero que la cifra sea la correcta.

–Lo ingresaré en el banco enseguida –dijo ella más calmada, después de que la ira la hubiera invadido unos instantes–. Te enviaré una factura para que puedas justificar este pago, pero ten cuidado con cómo la catalogas –terminó con una brillante sonrisa.

–Helena...

Pero ella ya se había ido.

Aunque hubiera querido, no habría tenido tiempo de pensar en Salvatore. El teléfono no había dejado de sonar.

Una revista de moda había enviado un equipo a Venecia con instrucciones de encontrar localizaciones para mostrar la gran colección de ropa que había llegado con ellos. Helena posó en góndolas con una variedad de biquinis y algunos turistas que la vieron sacaron unas fotografías que después enviaron al periódico local.

–No tiene vergüenza –dijo la *signora* enseñándole el periódico a Salvatore–. Mírala.

–Preferiría no hacerlo. No me interesa.

–Pues deberías ya que su nombre se ha visto relacionado con el tuyo. ¿Cómo has podido dejar que eso pasara?

–Ya que es la viuda de Antonio, yo no he podido hacer nada para evitarlo.

–¡Una viuda! Sí, sí que parece una viuda mostrándose casi desnuda. El pobre Antonio debe de estar retorciéndose en su tumba.

–No, a él le habría encantado. ¿Has olvidado cómo era?

–Pero está muerto.

–Bueno, la personalidad de un hombre no cambia cuando muere, y él mismo le dijo que no quería que fuera por ahí vestida de luto.

–Eso será lo que te ha dicho ella.

–No, a él siempre le gustó que la gente envidiara las bellezas que llevaba del brazo.

–¿Estás seguro de que no te estás volviendo como él?

–Segurísimo.

–¿Entonces por qué has dejado que te vean en compañía de ella? Admítelo. Te gustó presumir de esa mujer.

De pronto Salvatore se vio en la isla, donde era libre para estar con ella. Ella, que era la única que lo entendía.

–Te equivocas.

–Claro que no, pero no te paraste a pensar en lo que supondría para la reputación de la familia que te relacionaras con ella, con una mujer que aparece desnuda en público.

–Ella ya estaba relacionada con la familia. Y no está desnuda.

–¿Ah, no? ¡Mira! Ese biquini no cubre casi nada. Mira sus pechos, mira...

–¡Ya basta! No veo necesidad de seguir discutiendo esto. Por favor, este asunto está cerrado.

Al cabo de un instante, la *signora* se marchó furiosa.

Cuando se encontró solo, puso el periódico en su escritorio y deslizó un dedo sobre la fotografía como si con ello pudiera darle vida a la imagen de esa mujer. Pero estaba muerta. Para él estaba muerta.

Hizo el periódico trizas y los tiró a la papelera.

–¡Helena, querida! ¡Qué placer encontrarme contigo!

Sorprendida, Helena vio a la abuela de Salvatore cruzando la cafetería para ir hacia ella. Sin esperar a que la invitara, se sentó en su mesa.

–Querida Helena, ya hemos visto que has reanudado tu brillante carrera.

–No me importa la carrera; el dinero lo estoy invirtiendo en Larezzo porque ahora esa fábrica es mi vida.

–Muy inteligente. Pero claro, Salvatore está furioso, aunque le viene bien para ver que no siempre puede salirse con la suya. Debo felicitarte por ello. Engaña a muchas mujeres y ése es su modo de vengarse.

–¿Vengarse? No me diga que está sufriendo por alguna chica que lo dejara hace años. No, eso no me lo creo.

–Estoy hablando de sus padres.

–¿Sus padres?

–Su madre era mi hija, Lisetta. Guido, su esposo, la trataba muy mal. Al principio estaban enamorados, pero él se acabó aburriendo muy pronto y empezó a mirar a otras mujeres, rompiendo el corazón de mi hija una y otra vez.

Helena recordó las dos fotografías de la madre de Salvatore.

–Y lo peor era que Guido se llevaba sus conquistas a casa y dormía con ellas allí. Había una zona de la casa adonde su mujer tenía prohibido ir. Decía que quería «privacidad».

Helena se estremeció. Esa historia era peor de lo que se había esperado.

–Lisetta murió repentinamente y entonces él se casó con su amante del momento, una chica que casi lo arruinó. Murió hace quince años y Savaltore tuvo que trabajar durante toda su juventud para pagar las deudas de su padre. Él siempre supo lo que estaba pasando, a pesar de que era un niño, y eso ha condicionado su actitud hacia las mujeres. Tiene a su madre en un pedestal, pero odia lo que él considera «una cierta clase de mujer» y en sus ojos prácticamente todas entran en esa categoría. Se divierte con ellas, pero tarde o temprano ellas descubren lo que de verdad piensa. A ti, por supuesto, nunca logró engañarte.

–No, a mí nunca me engañó.

–Te felicito por ser más lista que las demás.

–No hace falta ser muy lista –dijo Helena con una amarga carcajada–. Salvatore no es nada sutil. Me divertí y ahora me marcho a Inglaterra.

–¿Ah, sí? ¿Por cuánto tiempo?

–Lo que tarde en ganar el dinero que necesito.

–¿Cuándo te marchas?

–Mañana por la tarde.

–Entonces no te molestaré más porque tendrás que hacer las maletas. Adiós, querida, ha sido un placer conocerte.

Su avión salía a las tres de la tarde y al mediodía un joven llamó a su puerta para recoger el equipaje. Cuando había terminado de pagar la cuenta en la recepción, el joven estaba esperando para acompañarla hasta la lancha. El conductor, vestido con uniforme, estaba de espaldas y no se giró para saludarlos, pero Helena tenía la extraña sensación de que le era familiar.

El joven la llevó hasta el pequeño camarote donde había dejado el equipaje, le dijo algo al conductor y se marchó. Al instante la lancha estaba alejándose del hotel a toda velocidad. Helena esperaba que girara para dirigirse al aeropuerto, pero en lugar de eso continuó adentrándose en la laguna.

–¡Eh! –golpeó la ventana para atraer la atención del conductor, pero él no pareció oírla.

Llamó con más fuerza y en esa ocasión el hombre se volvió.

Era Salvatore.

–¡No! –gritó–. ¡Para!

Pero iban más deprisa. Estaba claro que se dirigían a la isla, pero si Helena permitía que eso sucediera, perdería el avión.

–¡Salvatore! ¡No te atrevas!

Él ni siquiera la miró.

La puerta del camarote estaba cerrada con llave. ¡Era su prisionera!

–¡Déjame salir! ¿Me oyes?

Él la ignoró y no le abrió la puerta hasta que llegaron a la isla.

–Debes de estar loco si crees que te vas a salir con la tuya.

–No veo que nadie vaya a detenerme.

–¿Qué crees que vas a ganar con esto?

–Para empezar, evitar que te vayas a Inglaterra. ¿Vas a salir o tengo que sacarte a la fuerza?

–¡No te atrevas a tocarme!

–No seas tonta, claro que me atreveré y lo sabes.

Y sí que lo sabía. Mientras intentaba calmarse, encontró la respuesta a sus problemas. Fingiría rendirse, iría con él hasta la casa y, en cuanto se quedara sola, pediría ayuda por el móvil.

–Está bien. Apártate y déjame salir.

–Llévate tu bolso y sólo una maleta.

Habría sido un placer decirle lo que podía hacer con

sus órdenes, pero tenía que engañarlo, tenía que fingir, y por eso agarró su bolso y una maleta.

–Dámela –le dijo quitándosela de la mano.

En pocos minutos llegaron a la casa, en la que entraron justo cuando empezó a llover.

–Dormirás aquí –le dijo llevándola al dormitorio principal–. Prepararé café y después hablaremos.

–Lo que tú digas.

–Pero antes, una cosa –le quitó el bolso y sacó su teléfono móvil.

–¡No! –gritó ella intentando recuperarlo, a pesar de saber que luchar contra él era inútil.

Estaba claro que no lo había engañado ni por un minuto.

–Dámelo.

–¿Para que lo utilices? No. Te he traído aquí por una razón y vas a quedarte hasta que yo diga lo contrario.

–Debería darte vergüenza estar comportándote como un carcelero. ¡Vete de aquí ahora mismo!

–Por el momento me iré, pero ni se te ocurra escaparte.

–Claro, ya sé por qué no quieres que me vaya a Inglaterra. ¿Cómo te harías con la fábrica entonces?

–¡Al infierno con la fábrica! Esto se trata de ti, de nosotros. No voy a dejarte marchar hasta que hayamos aclarado unas cosas.

–Eso no me lo creo. Éste es tu modo de jugar sucio. Sabías que una vez estuviera en Inglaterra, podría ganar suficiente dinero para desbancarte y por eso me has hecho prisionera, esperando que me arruine y me vea obligada a vender. Olvídalo. Por mucho que me retengas aquí, al final lo lograré.

Él se acercó y le dijo suavemente:

–Helena, no estoy jugando. Ésta isla es mía, es mi reino. Aquí mi palabra es la ley. Nadie me contradice.

–¿Crees que yo no lo haré? –dijo desafiándolo.

–Todo lo contrario, creo que eres tan tonta como para intentarlo, pero cuando descubras que nadie puede ayudarte, no serás tan tonta de intentarlo una segunda vez. Adelante, lucha contra mí, a ver adónde te lleva eso. Pero después entra en razón.

–¿Por entrar en razón quieres decir hacer lo que dices?

–Exacto. Me alegra que lo entiendas. Eso puede ahorrarnos mucho tiempo.

El repentino estruendo de un trueno hizo que apenas pudiera oír esas últimas palabras. Ahora la lluvia caía con fuerza. Salvatore miró hacia arriba y ella aprovechó la oportunidad empujándolo hacia la cama y echando a correr.

Salió de la habitación en un instante y se dirigió a la puerta principal. Estaba de suerte. Salvatore no la había cerrado con llave y pudo abrirla.

Si lograba alejarse lo suficiente podría esconderse y, cuando el tiempo se calmara, incluso podría echarse a nadar. Era una magnífica nadadora y podría mantenerse a flote hasta que pasara algún barco y la recogiera, pero por el momento lo único que tenía que hacer era correr y correr, motivada por la furia y el miedo. No le dejaría ganar, no se lo permitiría.

La lluvia estaba empapándola, estaba convirtiendo la arena en un barrizal y haciéndola avanzar cada vez más despacio. Podía oírlo tras ella e intentó correr más deprisa, pero estaba al límite de sus fuerzas. No lo lograría, pero debía hacerlo.

Era demasiado tarde. Salvatore la alcanzó, la tiró al suelo y la agarró con fuerza. Nunca había tenido oportunidad de escapar de él. Se rebeló contra él, forcejeó, pero él la sujetaba sin problemas, era demasiado fuerte, de modo que Helena dejó de resistirse y se quedó tumbada, respirando entrecortadamente. Después él se levantó, la agarró por la cintura y comenzó a caminar hacia la casa. Ella intentó liberarse, pero el intento fue en vano.

Ahora estaban en la casa; él había cerrado la puerta con llave y la llevaba al dormitorio. No le dijo nada y había algo que resultó aterrador en su silencio cuando la tiró sobre la cama y comenzó a desabrocharle los botones.

–No. Esto no puedes hacerlo.

–Sí que puedo. De ahora en adelante lo haremos a mi manera.

Le quitó la chaqueta, la tiró al suelo y con horror Helena se dio cuenta de que pretendía desnudarla a la fuerza. Le golpeó, pero no sirvió de nada. Una a una fue quitándole las prendas hasta dejarla completamente desnuda.

Allí estaba ella, tendida y mirándolo con odio. Los recuerdos de la pasión que habían compartido asaltaron su mente y quiso llorar, angustiada ante el hecho de que algo que parecía amor estuviera acabando de ese modo. Cuando todo pasara, sentiría que no le quedaba nada en el mundo.

Él se quedó allí, de pie por un momento, mirando su desnudez. Después entró en el baño y salió con una gran toalla que le echó por encima.

–Sécate. Y hazlo deprisa antes de que agarres una neumonía. No quiero que mueras por mi culpa.

Y con esas palabras salió del dormitorio.

Capítulo 12

UNA LUZ cegadora penetró en la oscuridad y la despertó.

Ella abrió los ojos para ver el sol entrando en el dormitorio y a Salvatore a su lado.

–Te he traído té –le dijo antes de marcharse.

El té, al igual que las horas de sueño, le había sentado bien.

Se miró, llevaba una combinación que había sacado de la maleta que se había llevado y que sólo contenía ropa interior. La noche anterior se había secado a toda prisa, se había puesto lo primero que había encontrado y se había metido bajo el edredón. Miró a su alrededor en busca de la ropa que Salvatore le había quitado, pero había desaparecido.

Él abrió la puerta lentamente.

–¿Quieres más té?

–Lo que quiero es mi ropa.

–Aún está mojada. La he tendido para que se seque.

–Necesito algo para ponerme encima –dijo con tono firme.

–Bien –se desabrochó la camisa y se la dio–. Me temo que esto es lo único que tengo ahora.

Le sirvió para cubrirla del todo, pero al sentir su prenda sobre su cuerpo y verlo con el torso desnudo lamentó haber aceptado la camisa.

Salvatore se retiró al instante y volvió con más té y el desayuno.

–¿Huevos cocidos? –preguntó ella.

–Creía que en Inglaterra los comíais. Y no me mires así, con tanta desconfianza.

–¿Cómo no voy a hacerlo después de lo que has hecho?

–Es cierto, pero no será por mucho más tiempo. Quiero que me escuches y después te devolveré tu teléfono, podrás pedir ayuda, acusarme de secuestro y puede que esta noche ya esté en la cárcel. Lo estarás deseando, pero primero escúchame.

–¡Como si alguien fuera a arrestarte a ti en Venecia! –dijo enfadada.

–¿Y qué me dices de la gente que te estuviera esperando en el aeropuerto? Cruza los dedos y pronto me verás encerrado.

A Helena le pareció oír un tono de resignación, de derrota en su voz, pero prefirió no pensarlo. No volvería a bajar la guardia ante él. Nunca.

–Estoy deseando verte encerrado.

Él se la quedó mirando y después se marchó sin decir nada.

Se comió todo el desayuno, que estaba delicioso, salió de la cama, fue a darse una ducha y volvió a ponerse la camisa.

Al mirar en su bolso vio que no faltaba nada excepto el teléfono. Allí, guardado en su pequeño estuche, estaba el corazón de cristal que le había regalado Antonio y sintió el impulso de ponérselo. Eso le diría a Salvatore dónde residía su corazón en realidad y la hizo sentirse segura, como si Antonio estuviera protegiéndola, tal y como a menudo le había dicho que haría.

Cuando salió, Salvatore la estaba esperando en la terraza y se sentó a cierta distancia de él.

–¿A qué estás jugando? –le preguntó ella.

–No es ningún juego. No debería sorprenderte que haya evitado que te marcharas a Inglaterra después de tu descripción gráfica de lo que ibas a hacer allí. Dijiste que...

–Que iba a ganar dinero para vencerte...

–Helena, seamos sinceros. Nuestra lucha no tiene nada que ver con el dinero o el cristal. Estamos predestinados a estar juntos. Empezamos siendo enemigos, pero eso no evitó que te deseara más que a ninguna mujer que haya conocido. No, no digas nada –levantó una mano para indicarle que se callara–. No digas nada sobre esa figura de cristal. Se diseñó mucho antes de que nos conociéramos y, si ha salido ahora, ha sido por un desafortunado accidente. Es sólo que...

Ahí se detuvo, el dolor y la confusión lo dejaron sin palabras. Nunca había sabido cómo describir sus sentimientos o tal vez se debía a que no había tenido ningún sentimiento que mereciera la pena expresar. Pero ahora lo embargaban las emociones y aun así no sabía qué decir.

«Tonto, idiota. ¡Di algo! ¡Lo que sea!».

¿Por qué no lo ayudaba Helena? Ella siempre sabía elegir y utilizar las palabras de la forma más inteligente.

–¿Es sólo qué? –preguntó ella.

–Nada. De todos modos, no me creerías.

La esperanza que había despertado brevemente dentro de ella volvió a morir.

–Tienes razón, probablemente no te creería. Dejémoslo aquí.

Se levantó para marcharse, pero él la detuvo.

–¿Vas a rendirte sin ni siquiera intentarlo? –le preguntó con dureza.

–No estoy segura de que merezca la pena intentarlo. Deja que me vaya.

Pero la agarraba, aterrorizado ante la idea de que pudiera alejarse de él física y emocionalmente.

–He dicho que me sueltes.

Y él lo hizo, la soltó, despacio. Cuando Helena se apartó se oyó un pequeño estrépito y al mirar abajo vieron que su corazón de cristal se había roto en pedazos.

–¡Oh, no! –gritó Helena cayendo de rodillas.

–Lo siento –dijo él con desesperación–. Ha sido un accidente, no pretendía...

Ella recogió los pedazos de cristal, se levantó y se apartó de él.

–Mira lo que has hecho –dijo llorando.

–Helena, por favor... Podemos encontrar uno exactamente igual.

En cuanto pronunció esas palabras, Salvatore supo que había cometido un gran error.

–¿Igual? ¿Cómo te atreves? Nada podría parecerse.

–Sé que era un regalo de Antonio, pero...

–No era un regalo, era el regalo, el primero que me hizo. Lo llevé puesto cuando nos casamos y cuando estaba muriendo en mis brazos, lo tocó y me sonrió. ¿Puedes devolverme eso?

En silencio, él sacudió la cabeza. Había hecho algo terrible y no sabía cómo arreglarlo o si había algún modo de hacerlo. El dolor que estaba sintiendo Helena lo destrozaba por dentro, se sentía tan impotente que pensó que iba a volverse loco.

Estaba acostumbrado a verla como una mujer fuerte, pero verla así lo hundió por completo y el sonido de sus lágrimas despertó los fantasmas que lo habían consternado durante años.

–Suéltalo –dijo agarrándole las manos, que aún tenían los pedazos de cristal rotos–. Suéltalo antes de que te hagas daño.

Logró quitárselos sin cortarla y ella no se movió, simplemente se quedó allí temblando.

–¿Qué te pasa? –le suplicó–. Por favor, dímelo, háblame.

Helena negó con la cabeza, pero no con actitud de desafío, sino con impotencia.

–No te dejaré marchar hasta que me lo cuentes todo –le dijo Salvatore con la voz más dulce y tierna que Helena había oído nunca.

Pero no pudo responderle, se sentía sin fuerzas, indefensa.

–Háblame de Antonio. Nunca hemos hablado mucho de él y tal vez deberíamos hacerlo.

Los sollozos le impedían hablar y Salvatore la abrazó.

–Sé que me equivoqué. Helena, por favor...

–Antonio y yo nunca fuimos marido y mujer en el sentido estricto de la palabra, pero yo lo amaba a mi modo. No lo entenderías. No sabes nada del amor.

–Tal vez pueda comprenderlo más de lo que crees.

–No, para ti las cosas son muy sencillas. Ves algo, lo quieres y lo tienes, pero el afecto y la amabilidad nunca entran en juego.

Salvatore dejó caer la cabeza sobre ella.

–Amaba a Antonio porque era bueno y generoso y él me amaba sin buscar nada a cambio.

–Pero no lo entiendo. Podrías haber tenido al hombre que quisieras...

–Así es, podría. Cualquier hombre que hubiera querido, pero no quería a ninguno. No los deseaba. Todos pensaban lo mismo que tú, que les pertenecía si había dinero de por medio.

–¡No! Ya te he dicho que lo siento. ¿Cómo puedo hacer que me creas? Te juzgué mal, pero la primera vez que hicimos el amor supe que eras distinta a como yo pensaba.

–Esperabas una prostituta –dijo ella con amargura.

–No, pero esperaba una mujer con experiencia. Y en lugar de eso... no sé... fue como hacerle el amor a una jovencita en su primera vez.

Ella estuvo a punto de volcar en él toda su rabia, pero de pronto vio algo en sus ojos que no había visto antes. Vio sinceridad, como si su vida dependiera de que ella lo creyera.

–No era mi primera vez. Pero sí mi primera vez en dieciséis años.

Él la llevó hacia sí, esperando que Helena lo rodeara con los brazos o respondiera de algún modo, pero ella se quedó quieta.

–Mírame –le susurró él–. Por favor, Helena, mírame.

Algo en su voz le hizo girar la cara, mostrando un rostro abatido y vulnerable. Al momento él la estaba besando en los labios, en las mejillas, en los párpados, y no con pasión, sino con ternura.

–No pasa nada –le susurró–. Todo irá bien. Estoy aquí.

No sabía por qué había dicho eso o por qué pensó que esas palabras la calmarían. Ella no lo quería allí, a su lado. Se lo había dejado muy claro.

–Helena... Helena...

Ella movió la mano ligeramente hacia él y Salvatore creyó haberla oído pronunciar su nombre. Inmediatamente la tomó en brazos, la llevó al dormitorio y la tendió en la cama, donde se tumbó a su lado.

–Confía en mí.

La llevó hacia él, no con intenciones sexuales, sino ofreciéndole calidez, protección, y ella pareció entenderlo así porque se aferró a él como nunca antes lo había hecho.

–¿Qué te pasó? –le preguntó él embargado por la emoción.

–Cuando tenía dieciséis años conocí a un hombre llamado Miles Draker. Era fotógrafo de moda y dijo que podía convertirme en una estrella. Me enamoré totalmente de él, habría hecho cualquier cosa que me hubiera pedido. No me importaba ser famosa, sólo quería estar con él todo el tiempo. Era una vida maravillosa; hacíamos el amor por las noches y me fotografiaba durante el día mientras me decía: «Recuerda lo que hicimos anoche, imagina que está sucediendo ahora, imagina que estás intentando complacerme». Y yo lo hacía. Después, cuando me miraba en las fotos lo veía en mi cara. Creía que lo que se reflejaba en ella era amor, pero por supuesto eso no era lo que él quería. Pronto me convertí en una estrella, tal y como él me había dicho, y fui la chica más feliz del mundo. Y entonces descubrí que estaba embarazada. Estaba emocionada. ¡Menuda tonta! ¡Idiota!

–No digas eso.

–¿Por qué no? Es verdad, lo era. Estúpida, ignorante...

–¿Eso era lo que te decía él?

–Eso y muchas otras cosas. Creí que se alegraría con la noticia, pero se puso furioso. Justo cuando íbamos a triunfar, yo iba a estropearlo todo. Quería que me librara del bebé y cuando le dije que no lo haría, empezó a gritarme –comenzó a llorar otra vez y Salvatore la abrazó con más fuerza hasta que se calmó.

–Continúa. ¿Qué hizo?

–Siguió gritándome, insultándome, diciéndome que era una gran oportunidad para los dos y que estaba siendo una egoísta. Pero yo no podía hacerlo, era mi hijo, tenía que protegerlo. Intenté hacérselo entender, pero se enfadó todavía más. Recuerdo cómo me dijo: «¿No estarás pensando en que nos casemos, verdad?».

–¿Lo pensaste?

–Puede que sí, apenas lo recuerdo. Pero si fue así, deseché la idea rápidamente. Estaba tan convencido de que quería «librarse del problema» que acabó convirtiéndose en un monstruo.

–¿Te pegó? –le preguntó Salvatore, furioso.

–No, claro que no. Podría haberme dejado marcas y eso habría puesto en peligro el negocio de las fotografías. Tenía otros métodos. Me hizo visitar a un médico para que hablara con él y, cuando eso no funcionó, se dedicó a insultarme y a gritarme siempre que estábamos trabajando.

–¿Por qué no te marchaste?

–Me tenía atada mediante un contrato y además, necesitaba ganar dinero mientras pudiera para luego tener algo con lo que vivir. Si eso significaba tener que soportarlo, merecía la pena, pero entonces... –comenzó a temblar–. Entonces...

–Sigue –le dijo con dulzura.

–Un día en el que fue especialmente cruel comencé a llorar y no podía parar. Lo siguiente que sé es que perdí el bebé.

–*Maria Vergine!* –murmuró Salvatore.

–Después de eso se imaginó que todo iría bien. Había logrado lo que quería y lo demás no le importaba. Cuando no volví con él me amenazó con demandarme, pero entonces una revista me dio una gran oportunidad y una agencia me contrató y me dijo que ellos se encargarían de todo. Así logré desvincularme del contrato. Recibí una llamada de Draker, estaba gritándome, insultándome, pero colgué y no volví a saber nada de él. Después de eso me concentré en mi carrera y en nada más. Tenía más trabajo del que podía abarcar. Siempre había hombres que querían salir conmigo y yo les dejaba, pero nunca consiguieron nada más.

Estaba muerta por dentro y lo único que podía sentir por ellos era desprecio. Hasta que te conocí no había estado con ningún hombre en la cama desde hacía años.

Salvatore quería decirle que parara, que no podía soportar seguir escuchando esa pesadilla, pero en el fondo sabía que lo peor de todo era que él se había comportado como todos esos hombres.

Era tan malo como cualquiera de ellos. No, peor, porque en todo momento había sentido que ella no era la mujer codiciosa que había pensado y aun así no había querido admitirlo. Y cuando su corazón había empezado a sentir algo por ella, se había apresurado a reprimirlo.

—Y entonces llegó Antonio —dijo Helena—. Estaba enfrentándose solo al final de su vida y lo único que me pidió fue que estuviera con él. Sabía que yo tenía dinero y por eso jamás pensó que me casaba con él por su fortuna, confiaba en mí. Al principio sentía aprecio por él y fuimos uniéndonos más y más. Era yo lo que él quería... ¡y no mi cuerpo! Era el único hombre que había sentido eso por mí.

«Ya no es el único», pensó él, pero no se atrevió a decirlo.

—Deberías habérmelo contado hace mucho tiempo, pero claro, yo tampoco te lo pregunté, ¿verdad? Nunca he dicho nada que te haya animado a abrirte a mí como persona. Lo único en lo que pensaba era en lo mucho que te deseaba.

—Después de ese primer día estaba furiosa porque habías pensado lo peor de mí. Nunca se te pasó por la mente que yo pudiera haber querido a Antonio de verdad. Pronto descubrí que no sabías nada del amor porque no creías en él. ¿Puedo decirte algo que va a enfadarte mucho?

–Todo lo que quieras.

–Vine a Venecia con la clara intención de venderte Larezzo. Antonio me había dicho que me harías una oferta y se alegraba porque eso me daría más seguridad económica.

–Y yo lo estropeé todo con mi actitud. Todo es culpa mía –dijo avergonzado.

–Después de lo que me contó tu abuela, supongo que era inevitable –dijo acariciándole el pelo.

–¿Qué te ha dicho?

–Me habló de tu padre y de cómo le rompió el corazón a tu madre con otras mujeres.

–¿Es eso lo único que te dijo?

–Y que tu madre murió repentinamente.

–Hay algo más que eso –dijo Salvatore suspirando.

Cuando se quedó callado, ella se acercó más y le acarició la cara con ternura.

–¿Quieres contármelo?

–¿Te contó mi abuela que se llevaba a casa a esas mujeres y que vivían con nosotros en zonas de la casa adonde no podíamos ir?

–Sí.

–Mi madre se las encontraba a veces. Después se iba a su dormitorio y yo la oía llorar. Si intentaba abrir la puerta, siempre me la encontraba cerrada con llave. Quería consolarla, pero ella no me dejaba. Ahora sé que su dolor no tenía consuelo. Había una mujer a la que mi madre veía a menudo porque se paseaba por la casa siempre que quería. Lo hacía deliberadamente, no tengo duda. Quería que la viéramos. Le estaba diciendo a todo el mundo que ella sería la siguiente señora de la casa y mi madre captó el mensaje. Una noche yo estaba en la puerta de su dormitorio, pero no la oía llorar. No volvió a emitir ningún sonido. Se había suicidado. No he dejado de preguntarme si podría haber estado a tiempo de salvarla, pero eso nunca lo sabré.

Helena estaba demasiado impactada como para poder pronunciar palabras de aliento, por eso se limitó a abrazarlo, a acariciarle la cabeza como una madre haría con su hijo.

—¿Cuántos años tenías cuando sucedió?

—Quince.

—¡Dios mío!

—Crecí odiando la ideal del amor porque había visto lo que podía hacer. Todas las mujeres, excepto mi madre, me parecían monstruos. Me sentía más seguro pensando eso. Me molestaba desearte tanto, todo lo que antes me había parecido importante había quedado relegado a un segundo plano y me pareció que empezaba a comportarme como mi padre. Me odiaba por eso y casi te odiaba a ti. Pero eso era entonces. ¿Y ahora?

—Ahora puedo decirte lo que juro que no le he dicho nunca a una mujer: te amo. Creí que jamás pronunciaría esas palabras porque estaba seguro de que no significarían nada para mí. No quería. El mundo me parecía más seguro sin amor. Me sentía más seguro. Siempre he estado buscando seguridad desde aquella noche en la que estuve esperando en la puerta de mi madre y mi mundo se derrumbó.

Para Helena resultaba incomprensible que ese hombre tan poderoso pudiera conocer lo que era el miedo, pero ahora lo entendía.

—Entonces no lo vi, pero ahora sí. Contigo encontré otro mundo, uno en el que había amor, pero no seguridad, y creo que por eso me enfrenté a ti desde el principio —sonriendo, añadió—: Tenía miedo. Ésa es otra cosa que nunca he dicho, pero ahora puedo hacerlo. Tú representabas lo desconocido y no tuve el valor de enfrentarme a ello hasta que me diste la mano y me enseñaste el camino. No puedo prometerte que vaya a resultarme fácil demostrarte mi amor porque es algo nuevo para mí y soy un ignorante en el tema, pero sí que puedo prometerte un amor fiel durante toda mi vida.

Helena no podía hablar, tenía lágrimas en los ojos.

–Y si no puedes amarme, entonces... bueno, supongo que tendré que ser paciente y convencerte poco a poco.

–No es necesario. Los dos hemos estado jugando, pero el juego ya se ha acabado. Te quiero y siempre te querré, en los buenos y en los malos momentos. Porque habrá malos momentos. Lo sé. Pero los superaremos siempre que estemos juntos.

Él asintió, le acarició la cara con dulzura y susurró:

–¿Cómo puedes amarme?

–Ni yo lo sé, no tiene explicación, pero las mejores cosas no la tienen.

–Después de todo lo que hecho, no te culparía si me odiaras.

–Deja que te lo demuestre.

Hicieron el amor como nunca antes lo habían hecho, lenta y dulcemente, sin dejar de mirarse a los ojos, uniendo sus corazones y sus mentes. Con tiernos gestos ella lo reconfortó y llegó al corazón que Salvatore nunca le había mostrado a nadie.

Helena sabía que, si traicionaba su confianza, lo destrozaría para siempre, sabía que tenía el destino de ese hombre en sus manos y por eso se propuso que lo defendería con toda la fuerza de su amor.

Amor. Por primera vez el sonido de esa palabra no le resultó extraño.

Salvatore se despertó solo y en la oscuridad. Por un

momento quiso llorar, desolado, pero entonces la vio, desnuda junto a la ventana.

–Creí que te habías alejado de mí –murmuró yendo hacia ella–. Podrías haber llamado por teléfono.

–Lo he hecho. He llamado a mis amigos de Inglaterra para decirles que he perdido el avión, pero que no se preocupen por nada. Tendré que ir allí para firmar el contrato, pero volveré pronto.

–¿Con una fortuna para gastarte en Larezzo?

–Así es.

–Ya que estamos hablando de negocios, tengo algo que proponerte. Te haré un préstamo libre de intereses y así tendrás todo el dinero que necesites para invertirlo en la fábrica.

–¿Así que libre de intereses? ¿Y qué sacarás tú a cambio?

–A ti... como mi esposa.

–Claro. Ningún negocio puede prosperar sin un contrato vinculante.

–Es un placer encontrar una mujer que entienda de negocios.

–¿Te das cuenta de que seguiré compitiendo contigo?

–No me esperaría otra cosa.

–Batalla sin restricciones.

–Así es. Y seamos francos, eso no se aplicará sólo a los negocios. El nuestro no va a ser un matrimonio tranquilo.

–Eso espero.

Durante un buen rato no se movieron ni hablaron, simplemente se abrazaron.

Sin saber por qué, Helena de pronto pensó en Antonio, aunque tal vez no era algo tan extraño ya que él le había prometido protegerla y lo había hecho muy

bien al unirla a Salvatore. Le pareció oírlo reír y decirle:

–Te engañé, *cara*.

Y cuando miró hacia el agua, el sol estaba saliendo,
anunciando el glorioso y nuevo día.

Bianca™

¡Pronto iban a recoger el fruto de su pasión!

Domenico Silvaggio d'A-valos sabe que la hermosa canadiense que le ha suplicado que le enseñe el arte de la viticultura no es una mujer muy experimentada. Sin embargo, en el entorno de uno de los más lujosos hoteles de París, Arlene Russell demuestra que posee valor... y una pasión tan intensa como la suya.

Decidida a no ser el último caso de caridad de Domenico, Arlene regresa a su descuidado viñedo. Domenico la sigue y le ofrece salvar de la bancarrota la herencia recibida. Cuando ella no acepta que la compre, toma la decisión de convertirla en su esposa...

Vendimia de amor

Catherine Spencer

Deseo™

La seducción del magnate

Merline Lovelace

Rory Burke estaba decidido a que Ca-
roline Walters fuese su plato principal.
La reunión que había preparado en
Tossa de Mar no sería una simple tran-
sacción comercial. Después de descubrir la verdad sobre su antigua amante,
Rory había tenido que hacer malaba-
rismos para orquestar aquel encuentro
en la soleada Costa Brava española el
día de San Valentín.

Su plan era atraer a Caro de vuelta a
su cama, pero esa vez como su esposa. Gracias a su famoso poder de
persuasión, el ejecutivo estaba convencido de que iba a salirse con la suya…
hasta que la fuerza de la pasión le hizo perder la cabeza por
completo.

El amor estaba en el menú

Bianca™

¿Lograría él superar su aversión al matrimonio?

El atractivo Sebastian Conway no estaba dispuesto a sentar la cabeza. Pero era el heredero de los Conway y el deber le exigía que dejara sus ocupaciones en Londres para atender la finca familiar de Cornualles: la mansión Pengarroth.

Durante una exclusiva fiesta, Sebastian conoció a la guapísima Fleur Richardson, una joven que se ruborizaba cada vez que le dirigía la palabra, pero con mucho carácter. Y se quedó embelesado con ella.

Quizá Fleur no tuviera potencial como amante, pero sí como futura señora de Pengarroth...

La señora de la mansión

Susanne James

La señora de la mansión

Susanne James